Rosemarie Forstmaier

Um die Liebe betrogen

Heimatgeschichten

rosenheimer

Inhalt

Jetzt wird alles gut

»Ich halt das nimmer länger aus, andauernd dieses Fasten und Beten, bei uns riecht's mir zu viel nach Weihrauch«, schimpfte der Sixten-Peter, ein gut aussehender junger Bursche. »Der Kaschper treibt's mit seiner Frömmigkeit allweil weiter, schaut schon selber bald aus wie das Leiden Christi.«

Magdalena, eine noch recht staksige, magere Sechzehnjährige, mahnte bestürzt: »Nicht so laut. Wenn dich der Bauer hört ...«

»Mein allerchristlichster Herr Bruder kann mich von jetzt an gern haben, er hat mich lange genug ausgenutzt für sein scheinheiliges Gehabe«, stieß er erbittert hervor. »Ich geh! Und wenn ich dir einen guten Rat geben darf, dann suchst dir auch woanders einen Dienst, eh' du zur Betschwester wirst.«

Ein wenig verzagt wandte sie ein: »Selbst wenn ich wollte, könnte ich nicht fort ohne die Einwilligung von meinem Vormund.«

»Das hat er beim Bürgermeister und beim Herrn Pfarrer auch recht geschickt eingefädelt, der Kaschper, dass sie dich ihm als billige Jungmagd zugeschanzt haben. Aber früher, als sie dich als Kostkind reihum von Hof zu Hof geschickt haben, war es mit seiner Barmherzigkeit nicht weit her, da hat er sich allweil schön still verhalten.«

»Wo willst denn jetzt hin?«, fragte sie zaghaft, ohne ein Wort über die traurige Zeit zu verlieren, in der sie als Waise aufgewachsen war. Sie war froh, endlich eine ständige Bleibe gefunden zu haben, arbeiten und für sich selbst sorgen zu können.

Übermut blitzte in Peters dunklen Augen auf, als er antwortete: »Ich hab mich für drei Jahre als Holzfäller in Kanada anwerben lassen. Wenn ich heimkomme, kann ich mit dem Geld schon was anfangen, dann bin ich nimmer auf den Kaschper angewiesen.«

»Was? So weit fort willst?«, entfuhr es Magdalena tief erschrocken. Sie hatte Mühe, die aufsteigenden Tränen zurückzuhalten.

Doch er meinte nur mit einem unbekümmerten Lachen: »Je weiter fort, um so lieber.« Er wäre nie auf den Gedanken gekommen, dass dieses Mädchen mehr für ihn empfand als freundschaftliche Sympathie. In seinen Augen war sie noch fast ein Kind und so entgegnete er scherzhaft, ohne zu ahnen, welche Hoffnungen er damit weckte: »Wenn ich zurückkomme und mich nach was Eigenem umschau, dann kommst zu mir, Lenerl.«

Für dieses vom Leben benachteiligte, stets nur herumgestoßene Mädchen war das ein Versprechen, an das es sich klammerte. In der bedrückenden Atmosphäre des Sixtenhofes, unter dem strengen Regiment des Bauern, hatte Peter sie oft getröstet und aufgemuntert. In das Vertrauen, das sie ihm von Anfang an entgegengebracht hatte, mischte sich bald eine heimliche Schwärmerei. Auch sie brauchte einen Menschen, dem sich ihre erwachenden Gefühle zuwenden konnte.

Magdalenas Enttäuschung, ihre Angst, bald wieder ganz allein zu sein, ohne Peters freundliche, herzliche Fürsorge, drückten ihr schier das Herz ab. Drei Jahre schienen ihr eine unermesslich lange Zeit. Und doch wusste sie schon jetzt, sie würde ihn nicht vergessen.

Der Sixten-Kaspar, ein baumlanger, hagerer Mann mit kantigem Gesicht und kalten grauen Augen, ging bereits auf die Mitte der Dreißig zu, als er endlich ans Heiraten dachte. Der Pointner hatte tief in die Taschen greifen müssen, um Maria, seine Älteste, doch noch unter die Haube zu bringen. Doch der junge Sixtenbauer legte wenig Wert auf die äußerlichen Vorzüge seiner Bäuerin. Er handelte nach dem Sprichtwort: Was man sich erheiratet, braucht man sich nicht zu erarbeiten. Und so wurde die stille, fleißige Pointner-Maria Bäuerin auf dem abgelegenen, aber recht stattlichen Einödhof.

Sie ordnete sich ihrem Mann widerspruchslos unter, führte die Wirtschaft so sparsam, wie er es verlangte, und sie nahm es mit ihrer Christenpflicht ebenso ernst wie er selbst. Auf den Gedanken, dass er seine Raffgier, seinen Geiz nur unter dem Mäntelchen der Frömmigkeit verbarg, den Herrgott als Vorwand für seine Rücksichtslosigkeit benutzte, wäre sie nie gekommen. Ein so eifriger Kirchgänger, einer, der auf alles einen passenden

Bibelspruch wusste und vom Herrn Pfarrer gern ein Vorbild für die Gemeinde genannt wurde – ein solcher Mann musste doch ein guter Mensch sein, dachte Maria.

Magdalena, die sich zu einem auffallend hübschen Mädchen entwickelte, mochte die stets etwas verschreckt wirkende Bäuerin, obwohl sie nur dann freundlich zu ihr war, wenn sie sich unbeobachtet fühlte. Denn der Bauer verbot einen allzu vertraulichen Umgang mit dem Gesinde.

Auch die Sixtenbäuerin übersah, dass ein heranwachsender Mensch jemanden brauchte, mit dem er sich ab und zu aussprechen konnte, sie war außer der sechzigjährigen Magd Nanni die einzige Frau auf dem Hof.

So war es nicht verwunderlich, dass Magdalena viel träumte und sich eine eigene Welt zusammenspann. Und immer drehten sich diese Träume um den Peter, der nun schon an die zwei Jahre im fernen Kanada war. Sie hatte ihn nicht vergessen. Sein Versprechen, sie mitzunehmen, wenn er zurückkam, war für das einsame Mädchen eine Tatsache, an die es sich klammerte. Allmählich wurde Peter für sie zum fernen Geliebten, auf den sie wartete.

Nur ein einziges Mal, es war vor dem zweiten Weihnachtsfest seines Fernseins, kam ein Lebenszeichen von ihm. Es war jedoch nur eine Karte, auf der in ungelenken Worten zu lesen stand, dass es ihm gut ging. Kaspar nahm davon kaum Notiz, aber Magdalena geriet schier außer sich vor Freude.

Besonders liebevoll war das Verhältnis zwischen dem Sixten Kaspar und seiner Frau nie gewesen. Was die Arbeit betraf, unterschied Maria sich kaum von den Dienstboten und sie musste ebenso hart zupacken. Das änderte sich auch nicht, als sich endlich Nachwuchs ankündigte.

Sie ging auf die Dreißig zu und hatte sehr unter ihrem Zustand zu leiden. Ihr Mann brachte dafür kein Verständnis auf und so kam sie erst gar nicht auf die vermessene Idee, ihm etwas vorzujammern.

Als die Entbindung bevorstand und sie sich oft kaum noch auf den Beinen halten konnte, bat sie vorsichtig: »Ob ich nicht doch zum Doktor gehe, damit man weiß, dass alles seine Richtigkeit hat?«

Kaspar streifte sie mit einem kalten Blick, ehe er schroff erklärte: »Du stellst dich an, als wärst du die einzige, die ein Kind auf die Welt bringt. Das ist keine Krankheit, da muss man dem Doktor das Geld nicht in den Rachen schmeißen. Es wird schon werden, der Herrgott wird's schon richten.«

Sie war nicht der Mensch, ihn weiter zu drängen, und so biss sie die Zähne zusammen, hoffte, dass bald alles vorbei sein würde. Wenn er erst seinen ersehnten Hoferben im Arm hielt, würde er sicher auch mit ihr etwas nachsichtiger werden, sie mit mehr Respekt und Rücksicht behandeln.

An einem glühend heißen Junitag – die Heuernte hatte begonnen – setzten bei der Sixtenbäuerin die Wehen ein und sie bat ihren Mann, die Hebamme zu holen.

Es war noch früher Nachmittag, die Arbeit voll im Gang und deshalb vertröstete er sie: »Das pressiert noch nicht. So schnell geht so was nicht. Wir müssen zusehen, dass wir das Heu trocken unters Dach bringen, denn es zieht sich was zusammen. Bis zum Abend sind wir eh fertig, dann fahr ich gleich.«

Trotz ihrer Angst und den Schmerzen zeigte Maria sich verständnisvoll, geduldete sich tapfer und befolgte Kaspers Rat, den Herrgott um Beistand zu bitten.

Draußen schob sich die schwarze Wetterwand immer höher in den Himmel und der letzte Heuwagen rumpelte auf die Tenne, als der Sixten-Kaspar mit dem Einspänner den Hof verließ. Bis Hilfe kam, kümmerte sich die alte Nanni, die einige Erfahrung besaß, um die Bäuerin und wirkte schon durch ihre bloße Anwesenheit beruhigend. Ehe Gewitter, Sturm und Regen losbrachen, kam der Bauer in Begleitung der Hebamme zurück. Gleich darauf wurde in der Stube die Wetterkerze, ein geweihter, schwarzer Wachsstock angezündet, und das Gesinde versammelte sich zum Rosenkranz.

Auch Magdalena kniete auf den harten Dielenbrettern, doch sie betete nicht darum, dass Unwetterschaden von Haus und Flur abgewendet wurde, sie bat die Heilige Jungfrau um Beistand für die Bäuerin.

Plötzlich erschien die Hebamme und forderte den Bauern auf, ihr auf den Flur zu folgen.

Noch im Hinausgehen hielt der Kaspar die Hände gefaltet und betete seinen Vers zu Ende.

»Es hat keinen Sinn, dass wir abwarten«, sagte besorgt die Hebamme, »da muss der Doktor her.«

»Was denn, der Doktor?«, entfuhr es ihm mehr überrascht als erschrocken. »Für was bist denn du da?«

Leicht ungehalten erklärte sie ihm: »Es wär gescheiter gewesen, du hättest gleich ihn und nicht mich geholt, denn sie gehört in die Hände von einem Arzt.«

»Wie stellst dir das denn vor?«, fragte er. »Woher hätt ich denn das wissen sollen, ha?«

»Drum sag ich's dir jetzt. Ich fürchte für sie und das Kind das Schlimmste, wenn nicht bald ...«

»Bei so einem Unwetter jagt man keinen Hund hinaus! Ich setz doch mein Ross nicht aufs Spiel, nur weil du nicht abwarten kannst«, lehnte er schroff ab. »Ehe dieses Wetter nicht vorbei ist, kann ich auch nichts machen«, fuhr er einlenkend fort. »Wer weiß, in einer Stunde oder zwei schaut vielleicht alles ganz anders aus. Da vertrau ich ganz meinem Herrgott.« Im grellen Aufleuchten eines Blitzes verschwand er wieder in die Stube.

Nur knapp eine Stunde später, als der Sixten-Kasper im abziehenden Gewitter anspannte, überbrachte ihm die Hebamme die traurige Nachricht: »Du brauchst nimmer fahren, es ist zu spät. Das Kind, ein Bub, war nimmer lebensfähig. Die Bäuerin ist tot, verblutet.«

Das gab auch ihm einen scharfen Stich und er fuhr sichtlich zusammen. Doch dann sagte er sich bekreuzigend: »Der Herr gibt, der Herr nimmt. Der Wille des Herrn geschehe, in Ewigkeit, Amen. Er sei ihrer armen Seele gnädig.«

Inwieweit ihn der sinnlose Tod seiner Frau und des Kindes wirklich erschütterte, war diesem Menschen nicht anzumerken. Er schien Trost und Zuflucht im Gebet zu finden.

Man war mitten in der ersten Heuernte, niemand fand Zeit, sich der Trauer um die Bäuerin hinzugeben – am allerwenigsten der Bauer. Das Leben, die Arbeit mussten weitergehen, die Lücke musste geschlossen werden, die der Tod eines fleißigen Menschen hinterlassen hatte.

Mit ihren knapp neunzehn Jahren musste Magdalena die Führung des Hauswesens übernehmen, da die alte Nanni dazu nicht mehr so recht imstande war. Sie wusste vor lauter Arbeit oft nicht mehr, wo ihr der Kopf stand, denn der Bauer war mit einem groben Tadel schnell zur Hand, wenn nicht alles reibungslos lief.

Doch mit jedem Tag wuchs ihre Vorfreude auf Peters Heimkehr, denn die drei Jahre waren um. Inzwischen war Magdalena erwachsen geworden, doch ihren kindlichen Glauben daran, dass er sein Versprechen ernst gemeint hatte, hatte sie sich bewahrt.

Unzählige Male spähte sie die Straße hinunter, jedesmal in der Hoffnung, ihn heraufkommen zu sehen. Als sie ihre Ungeduld gar nicht mehr beherrschen konnte, sagte sie zum Bauern, der noch kein einziges Wort über die bevorstehende Heimkehr seines Bruders verloren hatte: »Der Peter müsst doch schon da sein, die Zeit ist längst um. Es wird ihm doch nichts zugestoßen sein?«

Mit einem verkniffenen Zug um den schmallippigen Mund stieß der Kaspar hervor: »Unkraut vergeht nicht! Der wird sich irgendwo eine gute Zeit machen und schön ruhig abwarten, bis der Sommer vorbei und die meiste Arbeit getan ist. Er hat sich aber verrechnet, wenn er meint, dass er sich bei mir den Winter über in die warme Stube hereinhocken kann. Für Nichtstuer hab ich keinen Platz.« Abfällig fügte er hinzu: »Wer sich daheim nicht mit ehrlicher Arbeit fortbringen kann, der soll von mir aus gleich in der Fremde bleiben. Um so einen ist es nicht schad.«

Spätestens jetzt wusste sie, dass es ein friedliches Nebeneinander der Brüder niemals geben würde. Den Grund dafür konnte sie sich allerdings nicht erklären. Dem Sixten-Kaspar graute schon lange vor dem Tag, an dem Peter heimkommen und sein Erbteil beanspruchen würde. Gutes Geld, das er sich sauer genug hatte erarbeiten müssen. Es wäre ihm recht gewesen, wenn sein Bruder für immer in der Fremde geblieben wäre.

Doch das sollte nur Kaspars Wunsch sein.

Der Sixten-Peter war wieder da. Kaum hatte er den Bus verlassen, als er auch schon von einer Reihe bekannter Gesichter umringt war, die ihn herzlich willkommen hießen. So sehr er sich auch aufs Heimkommen gefreut hatte, konnte er doch nicht umhin, zuerst noch einen Umweg über den Post-Wirt zu machen, all die vielen Fragen zu beantworten und auch ganz nebenbei zu erfahren, was sich daheim alles ereignet hatte.

Ein bissl fremdländisch sah er schon aus, doch das war nur äußerlich, denn es lag an der noch ungewohnten Kleidung. Ansonsten hatten ihn die drei Jahre kaum verändert; Lebensfreude und Übermut blitzten noch immer in seinen dunklen Augen. Nun, mit achtundzwanzig Jahren, war er wieder in der Heimat; sein Leben sollte erst beginnen.

Lange hielt er es in der lustigen Schar jedoch nicht aus, es zog ihn heim zum Sixtenhof. Er freute sich trotz allem auf ein Wiedersehen mit seinem Bruder. Das Unglück, das dem Kaspar während seiner Abwesenheit widerfahren war, konnte an ihm nicht spurlos vorübergegangen sein, es hatte ihn vielleicht menschlicher und nachsichtiger gemacht.

Beim Anblick der vertrauten Landschaft, die im goldenen Licht der untergehenden Abendsonne vor ihm lag, wurde Peters Herz weit. Es war ein fast berauschendes Gefühl, endlich wieder heimzukommen, dorthin, wo er hingehörte.

Als er über den Hof auf das Haus zuging, hörte er aus den weit geöffneten Stubenfenstern das monotone Gemurmel betender Stimmen. Heute war ja Freitagabend, der obligatorische Rosenkranz wurde gebetet. Es hatte sich also nichts verändert. Hier schien die Zeit stehen geblieben zu sein.

Als sich der Peter leise durch die Tür schob, wandten sich ihm betroffene, überraschte, aber lauter vertraute Gesichter zu. Das Gebet verstummte sofort.

Nach einem kurzen, unbeteiligten Blick schaute der Kaspar wieder hinauf zum Herrgottswinkel und fuhr mit erhobener Stimme fort: »Der für uns das schwere Kreuz getragen hat.« Und sofort fielen die anderen ein, so als wäre nichts geschehen.

Nur Magdalena blickte mit glücklich strahlenden Augen zu Peter auf, während ihre Lippen automatisch das Gebet mitsprachen.

Im Hintergrund seines Bewusstseins registrierte Peter, wie bildhübsch sie geworden war, ein Lächeln brachte er jedoch nicht mehr zustande. Zu groß war seine Enttäuschung über diesen kühlen Empfang. Es war alles so ganz anders, als er es sich ausgemalt hatte.

Um nichts in der Welt hätte er es über sich gebracht, einfach mitzubeten, wie einer, der sich nur verspätet hatte. Er verließ die Stube, zog die Tür leise hinter sich zu und setzte sich mit einem resignierenden Achselzucken auf die Hausbank. Unwillkürlich fragte er sich, warum er eigentlich heimgekommen war. Er hätte besser wissen müssen, was ihn hier erwartete, dass hier kein Platz mehr für ihn war.

Den Kopf in die Hände gestützt, blickte er vor sich hin und nahm das monotone Gemurmel kaum wahr, aus dem sich eine helle, junge Stimme heraushob. Und auf diese Stunde hatte er sich nun jahrelang gefreut.

Es hätt dir nicht geschadet, wenn du zum Dank für deine glückliche Heimkehr mitgebetet hättest«, waren Kaspars erste Worte zur Begrüßung seines Bruders. »Dem Herrgot dafür gedankt hättest, dass er dich hat heimkommen lassen.«

Da sich ihm keine Hand entgegenstreckte, erwiderte der Peter tonlos: »Eine glückliche Heimkehr hab ich mir anders vorgestellt, nach ...«

»Hätt ich vielleicht wie der Vater vom verlorenen Sohn gleich ein Kalb schlachten sollen?«

»Ich seh schon, du hast deine Bibelsprüche nicht verlernt, weißt auf alles einen Spruch, bloß von der Menschlichkeit weißt noch allweil nichts«, sagte Peter. Die Schulter straffend, fuhr er mit einigem Nachdruck fort: »Ich kann auch wieder gehen. Aber da wär noch allerhand zwischen uns zu regeln, wegen dem Erbteil ...«

Erschrocken lenkte der Kaspar ein: »Da brauchen wir doch nichts zu überstürzen, jetzt, nachdem du grad erst heimgekommen bist. So schnell wirst ja auch nicht wissen, wohin, derweil bleibst da, bis du was gefunden hast. Schau dich nur in aller Ruhe um, und wenn du bei der Arbeit ein wenig hilfst, wär's mir grad recht. – Geh in die Küche, die Magdalena soll dir was zu essen richten. Ich selber hab noch keinen Feierabend. Wir können uns später noch unterhalten. »

Peter durchschaute ihn, wusste, dass es ihm nur ums Geld ging. Er nickte nur und ging ins Haus, wo man ihn schon erwartete und mit Fragen bestürmte, nun, da der Bauer außer Hörweite war.

Magdalena sah er erst später, als er in die Küche kam. »Ich muss schon sagen, Leni, weißt du überhaupt, wie hübsch du bist«, begrüßte er sie mit einem bewundernden Schmunzeln.

Obgleich sie ihn so sehnlichst erwartet, sich so sehr auf diesen Augenblick gefreut hatte, war sie plötzlich so befangen, dass sie kein Wort über die Lippen brachte. Doch ihre Augen, ihr ganzes Gesicht strahlten vor Freude, als sie ihm den Stuhl hinschob. Endlich sagte sie, auf die Pfanne mit dem Schmarrn weisend, verlegen: »Fleisch hab ich keins, heut ist doch Fasttag.«

»Herrjeh, Leni, wie hast du's grad so lang ausgehalten, da oben?«, fragte er kopfschüttelnd und schob sich hinter den Tisch.

Daraufhin gab sie unumwunden, mit geradezu naiver Ehrlichkeit zu: »Weil ich gewusst hab, du kommst wieder.«

Verblüfft, aber auch gerührt, sah er sie an. »Du hast auf mich gewartet? Die ganzen Jahre?«

»Du hast doch gesagt, dass du wiederkommst und dass du mich dann mitnimmst. Ich hab's nicht vergessen.«

Er konnte sich daran nicht mehr erinnern. Woran er sich erinnerte, war ein halbwüchsiges Mädchen, das beim Abschied geweint hatte. Plötzlich jedoch bekamen die Worte, die er damals sicher gedankenlos dahingeredet hatte, auch für ihn einen Sinn. Plötzlich fühlte er sich richtig daheim, dieses Mädchen war das Stück Heimat, das ihm erhalten geblieben war. Er sah Leni in die Augen, aus denen ihm alle Liebe der Welt entgegenstrahlte, und die Brust wurde ihm eng, als ein Gefühl tiefer Zärtlichkeit in ihm aufstieg.

»Jetzt weiß ich wieder, warum ich heimgekommen bin«, sagte er, als er sie an sich zog, die sich vertrauensvoll an ihn schmiegte. »Ich hab dich gern!«, gestand er mit leiser Stimme, die rau klang vor Zärtlichkeit und verhaltender Leidenschaft. »Ich hab das noch zu keiner anderen gesagt.« Und das war die Wahrheit.

Sein Kuss war für Magdalena das Schönste, was sie je erlebt hatte. Sie glaubte vor Glück zu vergehen.

Der Sommer ging in den Herbst über, das Vieh kam von der Alm heim und immer noch überhäufte der Kaspar seinen Bruder mit Arbeit, die dringend getan werden musste. So blieb Peter keine Zeit, sich nach etwas Eigenem umzusehen, nach einer günstigen Gelegenheit Ausschau zu halten.

Kaspars hektische Betriebsamkeit bewirkte jedoch auch, dass ihm entging, was sich zwischen den zwei jungen Leuten zu entwickeln begann. Peter und Magdalena nahmen sich in Acht, denn sie wussten, der Bauer würde eine Liebschaft nie gestatten. Es fiel ihnen nicht leicht, sich tagsüber mit Gleichgültigkeit zu begegnen. Doch nach jedem Tag kam die schützende Nacht, dann durften sie sich ganz gehören.

Es wurde Spätherbst, der Winter stand vor der Tür, als die Nanni dem Bauern einen Wink gab und verriet, was sich unter seinem Dach abspielte. Nun wars mit dem heimlichen Glück der beiden vorbei.

Auch der Sixten-Kaspar hatte ein Interesse an Magdalena und verfolgte das Mädchen schon seit einiger Zeit mit begehrlichen, hungrigen Blicken. Daher ging er wie ein gereizter Büffel auf seinen Bruder los.

»So also dankst es mit, dass ich dich aufgenommen hab. Das Mädl verdirbst mir …«

»So lass dir doch sagen, Kaschper … Wir wollen heiraten, sobald …«

Kaspar ließ ihn gar nicht zu Wort kommen und brüllte: »Nichts da! Du packst Dein Zeug und verschwindest sofort, auf der Stelle!«

»Dann geht die Leni mit …«

Weiter kam Peter nicht, denn ein grober Fausthieb ließ ihn rücklings zu Boden taumeln.

Außer sich vor Wut schrie der Kaspar: »Noch hat der Vormund was zu sagen! Sie bleibt da, bis sie volljährig ist.«

Hilflos, am ganzen Körper zitternd, musste Magdalena zusehen, wie der Bauer seinen Bruder mit Fußtritten traktierte. »Ja, Bauer, ich bleib schon da!«, schrie sie gequält auf.

Peter rappelte sich auf, wischte sich das Blut vom Gesicht und stieß hervor: »Ich geh! Aber ich komm wieder und hol dich, sobald …«

Schon hatte der Bauer das Mädchen am Arm gepackt und zerrte es mit sich fort, in die Stube hinein. »Dir werd ich die Flausen schon austreiben, verlass dich drauf!«, drohte er.

Sie war so verschreckt, dass sie es nicht wagte, Peter Lebewohl zu sagen. In ihrer Verzweiflung klammerte sie sich an die Hoffnung, dass er sein Versprechen halten und sie holen würde.

Der Winter hatte die Berge und das Tal mit seiner eiskalten glitzernden Pracht überzogen, Weg und Steg waren verschneit.

Magdalena übersah die immer begehrlicher werdenden Blicke des Bauern. Sie hatte andere weitaus größere Sorgen, denn es gab keinen Zweifel mehr, sie erwartete ein Kind. Sie wusste nicht, wo Peter war, er ließ nichts von sich hören. Als Weihnachten ohne ein Lebenszeichen von ihm vorüberging, steigerte sich ihre Angst zur Panik. Denn lange ließ sich ihr Zustand nicht mehr verheimlichen.

All ihren Mut zusammennehmend, trat sie vor den Bauern und fragte ihn nach seinem Bruder. »Ich muss es wissen, denn ich krieg ein Kind!«

Der Kaspar wurde kalkweiß, ehe ihm die Zornadern anschwollen, seine Fäuste sich ballten. Doch überraschend beherrscht entgegnete er: »Dafür wird dich der Herrgott strafen! Auf diesen Schlawiner, der dich in diese Situation gebracht hat, brauchst nimmer zu warten. Er hat schon einen Unterschlupf gefunden. Um seine Mitgift hat er geschrieben, weil er in den Hof einer Witwe einheiratet. Hätt ich von deinem Zustand gewusst, ich hätt das Geld zurückgehalten.«

»Das ist nicht wahr,« sie stöhnte auf. »Ich glaub es nicht.«

Mitleidlos blickte er auf das gequälte, gepeinigte Mädchen hinunter. »Das wirst glauben müssen. Vor vier Wochen schon ist der Brief gekommen.« Dass er die Wahrheit verdreht und einen zweiten Brief an sie unterschlagen hatte, brauchte sie nicht zu wissen.

Plötzlich hatte er sie am Arm gepackt und fuhr sie drohend an: »Mein christliches Haus, meinen ehrlichen Namen bringst mir nicht in Verruf! Kein

Sterbenswort verrätst mir von deiner Schande. Das geht niemand was an. Ich werde dafür sorgen, dass nichts unter die Leute kommt.«

Zwar hörte sie die unheimliche Drohung aus seinen merkwürdigen Worten, doch es war ihr völlig einerlei, was mit ihr geschah. Sie hatte nie gelernt, sich zu wehren, das Leben war immer gegen sie gewesen. Sie hatte von jeher zu den Rechtlosen, Herumgestoßenen gehört. Wozu sich auflehnen, da doch nur geschah, was andere über sie bestimmten? Sie konnte ohnehin nichts anderes tun, als zu warten und sich mit letzter Verzweiflung an die Hoffnung zu klammern, dass irgendein Wunder geschah, das Peter zu ihr zurückbrachte.

Magdalena reagierte apathisch, als Kaspar sie heftig am Arm schüttelte und ihr befahl: »Dass mir kein Wort davon unter die Leute kommt! Hast du mich verstanden?! Wenn du was brauchst, dann haltst dich an die Nanni.«

Magdalena entrang sich ein bitteres Aufschluchzen. Sie wollte nur noch in Ruhe gelassen werden.

Doch er ließ es noch nicht genug sein, musste sie noch mehr einschüchtern. »Vergiss nicht, dass ich dich einfach davonjagen könnte. Was nachher aus dir und deinem Bankert wird, kannst du dir vorstellen. Den Balg tät man dir ohnehin nicht lassen, weil du nicht einmal fähig bist, für ihn zu sorgen. Brauchst ja bloß zurückdenken, wie es dir selber ergangen ist.«

Magdalena hörte nicht mehr hin, als sie mit tief gesenktem Kopf, von verhaltenem Weinen geschüttelt, aus dem Zimmer ging.

Magdalena hatte nur den einen Wunsch – zu sterben. Doch so leicht stirbt es sich nicht, auch nicht an gebrochenem Herzen.

Der Kummer zehrte an ihr und so fiel es nicht schwer, ihren Zustand zu verheimlichen. Doch die Zeit blieb nicht stehen, die Natur ließ sich nicht aufhalten.

Es war für den Sixten-Kaspar leicht gewesen, die alte Nanni für sich zu gewinnen. Sie, die auf ihre alten Tage nicht gewusst hätte, wohin, riskierte es nicht, sich gegen den Bauern zu stellen. Wie sie insgeheim über das Vorhaben des Sixtenbauern dachte, war schwer zu sagen, doch nach außen hin stellte sie sich auf seine Seite. Schließlich muss jeder selber zusehen, wo er bleibt.

Seit einiger Zeit schon versuchte auch sie, das mutlose, völlig niedergeschlagene Mädchen mit Ratschlägen zu beeinflussen oder mit versteckten Drohungen noch mehr einzuschüchtern. »Dem Bauern sollst auf die Knie danken, dass er sich erbarmt hat, dass er dich nicht fortjagt.« Oder ein andermal: »Willst das arme Würml als Gemeindekind aufwachsen lassen, wo es reihum geschickt wird? Wie willst denn dafür sorgen, wenn du selber nichts hast?«

Auf all das wusste Magdalena keine Antwort, es machte sie nur noch verzagter. Jetzt hatte es wohl keinen Sinn mehr, auf Peter zu hoffen.

Sie ließ sich in ihrer Hilflosigkeit einfach treiben und ihr war es gleichgültig, was mit ihr geschah.

Deshalb sträubte sie sich auch nicht, als der Bauer sie auf die Niederalm schickte, kaum dass der

Schnee auf dem hoch gelegenen Weidefleck getaut war und die wenigen Stück Vieh genug Futter fanden. Für gewöhnlich blieben die Jungtiere sich dort oben selber überlassen, doch der Kaspar meinte nur: »Dann brauch ich wenigstens nimmer einzäunen.«

Er konnte ziemlich sicher sein, dass sich kein Mensch in die abgelegene Almhütte verirrte, die schon seit vielen Jahren nicht mehr bewirtschaftet worden war.

Also zog Magdalena mit dem Vieh in die völlige Einsamkeit der Alm hinauf. Die Angst vor der Niederkunft schob sie vor sich her, denn noch blieb Zeit. Jedoch längst nicht über den ganzen Almsommer. Was man mit ihr beabsichtigte, was der Bauer im Sinn hatte, das wusste sie immer noch nicht. Sie fragte nicht danach, denn er würde es ihr ohnehin nicht sagen.

Den geraden Weg war der Sixten-Kaspar noch nie gegangen. Entwischen konnte sie ihm nun nicht mehr und so wartete er wie die Spinne im Netz, bis sie gar nicht mehr imstande sein würde, sich gegen sein hilfreiches Angebot zu wehren.

Selbst das Schicksal schien auf seiner Seite zu sein. Er brauchte nicht einmal zu befürchten, dass ihm der Peter so schnell in die Quere kam. Denn wie er dem letzten Brief des Bruders an Magdalena entnommen hatte, lag er mit einer schweren Beinverletzung im Krankenhaus. Er hatte sich die Wunde bei der Holzarbeit zugezogen, für die er sich über den Winter verdingt hatte.

»So geht's, wenn einer den Hals nicht voll genug kriegen kann«, sagte Kaspar nur hämisch. »Du kannst warten, bis du schwarz wirst, auf deine Leni.«

Skrupel wegen des grausamen Spiels, das er mit zwei Menschen trieb, hatte der Sixten-Kaspar nicht.

Die Sennhütte, in der Magdalena nun ganz allein hauste, befand sich in einem erbärmlichen Zustand. Sie brauchte etliche Tage, ehe alles sauber und wieder halbwegs wohnlich wurde.

Doch die Arbeit machte ihr nichts aus, sie war dadurch wenigstens vom Nachdenken abgelenkt, und abends fiel sie todmüde ins Bett. Erst als es nichts mehr zu tun gab – das Vieh machte ihr kaum Mühe – wurde sie sich ihrer Einsamkeit bewusst, fühlte sie sich verlassen.

Und nun, da sie ihren Gedanken und Sorgen ausgeliefert war, besann sie sich auf das werdende Leben in ihr. Sie begann sich auf dieses Kind zu freuen und fasste allmählich wieder neuen Mut.

Sie war entschlossen, ihr Kind bei sich zu behalten. Irgendeine Möglichkeit musste es geben. Man konnte ihr doch nicht ihr Kind wegnehmen. Sie malte sich aus, wie schön es sein würde, endlich einen Menschen ganz für sich zu haben, der sie nicht enttäuschte, für den auch sie alles bedeutete.

Immer war es nur ein kurzer Gedankensprung von ihrem Kind zu Peter. Sie konnte die Erinnerung an ihn nicht auslöschen. Und sie konnte sich auch die Liebe nicht aus dem Herzen reißen. Vielleicht konnte das gar nicht anders ein, schließlich bekam sie ein Kind vom ihm.

Einmal in der Woche kam der Bauer, sah nach dem Rechten und versorgte sie mit allem, was sie zum Leben brauchte. Er behandelte sie nicht anders als früher, besprach in seinem gewohnten kurz angebundenen Ton nur das Nötigste mit ihr und schien ihren Zustand zu ignorieren.

Eine Woche reihte sich an die andere, ihre Niederkunft rückte immer näher. Als sich der Sixten-Kaspar immer noch blind und dumm stellte, begann Magdalena: »Du musst eine Ablösung heraufschicken, denn ich krieg bald mein Kind.«

»Ja, lass dir nur Zeit«, fiel er ihr ungnädig ins Wort.

Tag für Tag wartete sie nun, dass jemand kam. Vergebens. Sie hatte nicht den Mut, das Vieh allein zu lassen, ohne Erlaubnis den Heimweg anzutreten. Doch so allein wurde es ihr Angst und Bang.

Als nach mehreren Tagen der Bauer wieder allein kam, flehte Magdalena ihn an: »Du musst mich mitnehmen, es kann jeden Tag soweit sein, dass ich die Hebamme brauche.«

»Ich muss mit dir reden«, sagte er und drückte sie auf einen Stuhl. Ihr junges Gesicht mit den großen tiefblauen Augen schien ihm schöner denn je. Doch davon ließ er sich aber jetzt nicht ablenken. In rauem, sehr bestimmtem Ton fuhr er fort: »Ich weiß nicht genau, warum ich's tue, vielleicht, um die Schand zu tilgen, die du über uns gebracht hast. Sobald der Sündenbalg da ist, bringe ich ihn zu den Barmherzigen Schwestern, die einen anständigen …«

»Nein, ich geb mein Kind nicht her!«, schrie Magdalena auf.

Unbeirrt hielt er ihr entgegen: »Man wir dir den Bankert eh nehmen, weil du nicht für ihn sorgen kannst. Da ist er bei den Schwestern besser aufgehoben. Wenn alles vorbei ist, wirst meine Bäuerin, kannst wieder ein ehrbarer Mensch werden. Ich hab es mir nun einmal in den Kopf gesetzt. Aber eine Schanddirn mit einem ledigen Bankert heirate ich nicht, die kommt mir nicht ins Haus.«

Plötzlich zerfiel ihr Gesicht vor Angst, aufschluchzend stieß sie hervor: »Nein, Bauer, das kannst du nicht von mir verlangen!«

»Willst lieber im Elend verkommen? Wenn du gescheit bist, dann ...« Er brach ab, denn sie hatte sich mit einem Aufschrei an den Bauch gefasst. Schon sprang er auf, stieß hastig hervor: »Bleib ganz ruhig, da ist noch keine Eile. Ich hol dir Hilfe herauf!«

»Nein, nimm mich mit«, bat sie verängstigt. »Bis zum Hof komm ich schon noch.«

»Du bleibst da!«, befahl er streng. Gleich darauf jagte er in langen Sätzen das Almfeld hinab.

Magdalena glaubte vor Angst den Verstand zu verlieren. Stunden vergingen, während sie am Fenster stand und sich vor Schmerzen krümmte. Endlich sah sie den Bauern mit einer Frau zurückkommen.

Doch es war nicht die Hebamme, es war nur die Nanni. Zermürbt vor Angst und Schmerz war sie selbst für diesen Beistand, diese zweifelhafte Hilfe dankbar. Nur nicht länger allein bleiben.

Während sich nun die alte Magd um Magdalena bemühte, blieb der Sixten-Kaspar vor der Hütte auf der Bank sitzen. Die hagere Gestalt vornübergebeugt, einem Geier, der auf sein Opfer wartet, nicht unähnlich.

Er musste nicht lange waren. Als die Sonne untergegangen war, ließ der Schrei eines Neugeborenen ihn aufatmen.

»Es ist alles gut gegangen«, flüsterte ihm die Nanni zu. »Bald wird sie einschlafen, dann kannst es mitnehmen. Es ist ein Bub!«

Als Magdalena bald darauf ihr Kind im Arm hielt, sagte sie müde und erschöpft: »Ich will mein Kind behalten, ich geb's nicht her!« Dann fielen ihr die Augen zu.

Ein Bündel im Arm hastete der Sixten-Kaspar im hereinbrechenden Abend talwärts. So eilig hatte er es, dass er den Entgegenkommenden erst sah, als es zum Ausweichen zu spät war. »Jessas, du – Peter!« brachte er krächzend, bis ins Innerste erschrocken hervor, während sein Gehirn fieberhaft zu arbeiten begann. Mit einem missglückten Lachen stotterte er: »So ein Zufall, dass du grad jetzt kommst. Das arme Würml braucht die Nottaufe, drum ...«

»Von wem ist das Kind?«, stieß Peter, als er seine Überraschung überwunden hatte, argwöhnisch hervor.

»Von der Magdalena halt! Ja, es ist alles so schnell gegangen, dass wir keine Hebamme ...«

Schon hatte Peter ihm das Bündel entrissen, drückte es an sich und sagte fest: »Mein Kind bringe ich schon selber zur Taufe.« Doch nach einem Blick in das glatte rosige Gesichtchen stieß er hervor: »Das braucht keine Nottaufe, es gehört zu seiner Mutter!« Damit ließ er seinen Bruder, der immer noch völlig verwirrt von einem Fuß auf den anderen trat, einfach stehen, eilte den Steig hinauf, wobei er das rechte Bein merklich nachzog.

Es war finster, als der Sixten-Peter die Sennhütte erreichte und die alte Nanni ihn ebenso entgeistert und bestürzt anstarrte wie vorhin sein Bruder.

Als Magdalena die Augen aufschlug und im trüben Schein der Petroleumlampe Peter an ihrem Bett sitzen sah, glaubte sie zu träumen.

Erst als er zärtlich ihren Namen sagte und sein Gesicht an das ihre drückte, begann sie unsicher: »Du bist doch noch gekommen! Und deine Frau ...«

»Es gibt keine Frau«, fiel er ihr hastig ins Wort. »Bloß einen schönen Hof, drunten, im Berchtesgadener Land, der auf dich wartet.«

»Also ist alles gar nicht wahr, was der Bauer gesagt hat? Warum hast dann so lange nichts hören lassen?« So ganz fand sie sich immer noch nicht zurecht.

Nun erzählte Peter, wie er zu dem Hof gekommen war, der zwei alten Leuten gehörte, die nicht mehr imstande waren, ihn zu bewirtschaften. Er hatte gleich kräftig mit zupacken müssen. Und den Winter über hatte er sich als Holzfäller noch einiges dazuverdient, bis ihm dann die Axt ins Bein gefahren war.

»Es wär nicht so schlimm gewesen«, erklärte er, »wenn ich mich besser geschont hätt. Aber dann hat auf dem Hof die Arbeit wieder angestanden und da hab ich halt zulangen müssen. Als die Wunde wieder aufgebrochen ist, hat mir der Doktor einen Gips verpasst. Und dann war es Sommer und wieder hat die Arbeit gewartet. Allweil hab ich ein ungutes Gefühl gehabt, wie du nie zurückgeschrieben hast und auch nicht gekommen bist.«

Endlich glitt ein befreites, glückliches Lächeln über Magdalenas Gesicht. »Jetzt wird doch noch alles gut«, sagte sie aufatmend.

Liebesfrühling auf dem Heigermooshof

Nur zwei stattliche Gehöfte, die kaum einen Steinwurf weit voneinander entfernt lagen, teilten sich den fruchtbaren Boden draußen im Lahnwinkel, wie das malerische Hochtal genannt wurde. Trotz der Abgeschiedenheit fand schon lange kein reger nachbarschaftlicher Austausch mehr statt. Um genau zu sein, seit jenem Tag vor acht Jahren nicht mehr, als sich der Heigermooser-Rupp wieder verheiratet hatte. Damals machte er die Haberl-Sophie, eine Witwe, zur Bäuerin.

Lange hatte der Heigermooser, ein rechtschaffener, angesehener Mann, dieses zweifelhafte Glück nicht genießen können. Während sich die Sophie seit jeher von der Arbeit zurückhielt, ständig über ihr schwaches, krankes Herz wehklagte, starb ihr Mann vor annähernd zwei Jahren an einem Magenleiden. Er machte sie erneut zur Witwe, aber auch zur Haupterbin des Hofes. Ein schwerer Schlag für Bertl, seinen einzigen, inzwischen erwachsenen Sohn aus erster Ehe.

Drüben beim Deininger gab diese Kurzsichtigkeit des verstorbenen Nachbarn immer öfter Grund zu hitzigen Debatten; schuld daran war die enger werdende Freundschaft zwischen ihrer Tochter und dem Bertl. Was man früher mit Freuden begrüßt hätte, gab nun Anlass zur Sorge.

»Solange diese damische Amsel da drüben das Sagen hat, setzt du mir keinen Fuß auf diesen Hof!«, erklärte die Deininger-Marie ihrer Ältesten ein ums andere Mal.

Leider zeigte sich die Marianne, eine hübsche, temperamentvolle Blondine, wenig beeindruckt; für eine Zwanzigjährige zählte eben nur die Liebe. »Ich will den Bertl und nicht seine Stiefmutter heiraten!«

»Willst ihr, die vom Wirtschaften allweil nichts versteht, eine billige Magd abgeben? Weiß der Teufel, ob diese verdrehte, spinnerte Person mit ihren zwei linken Händen den Heigermooserischen Hof nicht doch noch abwirtschaftet …«

»Immerhin ist der Bertl auch noch da, Mutter. Der Vater hat selber zugegeben, wie fleißig und umsichtig er arbeitet, seit sein Vater tot ist.«

»Alles recht und gut, aber reinreden lässt sich die Sophie von ihm gewiss nicht. Sie gibt das Heft noch lang nicht aus der Hand, sonst hätte sie ja nichts zum Wichtigmachen.«

Obgleich auch Marianne wusste, dass es drüben nicht gar so rosig aussah, ließ sie sich den Bertl nicht ausreden.

Man sah es der kugelrunden Heigermooser-Sophie an, dass sie sich noch nie in ihrem Leben ernstlich geplagt hatte. Kein graues Haar durchzog die braunen Flechten, die allerdings mit einem falschen Zopf aufgepolstert waren; die dicken Apfelbäckchen glänzten immer noch glatt und rosig. Sie wirkte trotz ihrer Leibesfülle lebhaft und sogar leichtfüßig, wurde nur durch ihre Kurzatmigkeit in ihrer Bewegungsfreiheit ziemlich eingeschränkt; die geringste Anstrengung brachte sie außer Atem. Schuld daran war ihr Gewicht, das ihr Herz überstrapazierte, sicherlich aber nicht zuletzt auch das zu eng geschnürte Korsett.

Die Sophie war fünfzig Jahre alt, hatte zwei Ehemänner überlebt und zählte sich noch längst nicht zum alten Eisen. Sie erwartete sich vom Leben immer noch allerhand.

So war es nicht verwunderlich, dass sie den Heiratsabsichten ihres Stiefsohnes ablehnend gegenüberstand, sich nicht vorzeitig aufs Altenteil verdrängen lassen wollte. Sie war Bäuerin und wollte es auch noch eine Zeit lang bleiben.

Wie jeden Tag nach dem Mittagessen, ehe sie ihr Nickerchen hielt, blätterte die Heigermooserin die Zeitung durch; weniger aus Interesse am Geschehen in der Welt, vielmehr aus Gewohnheit. Plötzlich blieben ihre flinken Äuglein auf einem Inserat haften: Ein Bräumeister, der sich als stattlichen Fünfziger in gesicherter Position anpries, suchte eine »passende« Ehegefährtin.

War es der Frühling, der auch ihr unter die Haut fuhr, oder die Eintönigkeit ihres Witwendaseins, weshalb sich die Sophie sofort angesprochen fühlte – ihre Phantasie wurde jedenfalls angeregt.

Gewiss besaß ein gebildeter Bräumeister das, was sie an ihren beiden Ehemännern schmerzlich vermisst hatte: jene feine Lebensart, die einen Mann erst wirklich begehrenswert machte! Außerdem stellte sie es sich interessanter vor, inmitten eines Dorfes, vielleicht sogar einer Stadt zu leben, als hier im langweiligen Lahnwinkel, wo keiner Sinn hatte für die schöneren Dinge des Lebens.

Da es ihr an der nötigen Selbstsicherheit nicht mangelte – sie war durchaus überzeugt von sich, hatte schließlich allerhand zu bieten –, schrieb sie tatsächlich einen recht ausführlichen Brief an diesen unbekannten heiratswilligen Herrn. Dabei hielt sie es allerdings für angebracht, es mit ihrem Alter nicht so genau zu nehmen. Es konnte sicher nicht schaden, sich etliche Jahre jünger zu machen. Als sie den Umschlag schloss, hatte sie das Gefühl, einen entscheidenden Schritt getan zu haben.

Es fiel dem Heigermooser-Bertl auf – und das wollte bei seinen eigenen Problemen schon etwas heißen –, dass seine Stiefmutter seit etlichen Tagen wie beschwingt durchs Haus segelte. Sie war weniger mürrisch als sonst, schien sich offensichtlich auf etwas zu freuen. Er zögerte nicht, nutzte die günstige Laune und kam wieder auf seine Heiratspläne zu sprechen, schnitt dabei auch das leidige Thema der Hofübergabe an.

Obgleich sie von ihrem Bräumeister noch nicht mehr wusste, als dass er sich am kommenden Sonntag bei ihr vorstellten wollte, schmiedete sie bereits Pläne, die weit übers Ziel hinausschossen.

Anstatt Bertl mit der gewohnten Antwort, er sei noch zu jung zum Heiraten, abzufertigen, erwiderte sie überraschenderweise: »Man könnt sich ja einmal drüber unterhalten.« Sie konnte es sich jedoch nicht verkneifen, herablassend hinzuzufügen: »Da werden sich halt die Deininger-Leute doch einmal zu mir herüberbemühen müssen. Mich bringen keine zehn Pferde zu einer solch missgünstigen Nachbarschaft.«

Erfreut blitzten die Augen des hochgewachsenen, dunkelhaarigen Burschen auf, als er ihr vorschnell ins Wort fiel: »Ist das dein Ernst, Mutter? Nachher könnten wir ja gleich ...«

»Ich kann nichts übers Knie brechen. Ich werde es dich schon wissen lassen, wann es mir angenehm ist und passt.« Dann rutschte ihr doch noch ein voreiliges »Kann sein, ich mach eh bald Platz!« heraus.

Er legte dies prompt falsch aus, stotterte verwirrt: »Geh, so arg ist es doch nicht mit deinem Herzen.« Er war nicht wenig erstaunt, als sie lachend und leichtfüßig davontrippelte; ja, geradeso als ob sie auf Wolken schwebte. »Da soll sich auskennen, wer will«, murmelte er.

An diesem Abend konnte es der Bertl kaum erwarten, bis es Zeit war zum heimlichen Treffen mit Marianne hinter dem Deiningerschen Heustadel. Er musste sich eine ganze Weile gedulden, ehe er ihre schmale Gestalt aus der Dunkelheit auftauchen sah.

»Es wird immer schwieriger«, seufzte sie auf, während sie sich in seine Arme schmiegte, »die Mutter passt auf wie ein Luchs.«

Mit einem leisen Lachen kam es vom Bertl: »Sie fürchtet wohl, wir könnten die Heirat auf jene Art und Weise erzwingen, die allweil noch die wirkungsvollste ist! Aber sie braucht keine Angst zu haben, eine Weile kann ich noch warten, denn heut hab ich eine Neuigkeit!«

Atemlos hörte sie zu, wagte an so viel Glück noch nicht recht zu glauben.

An diesem Sonntag war die Luft mild und ein tiefblauer Föhnhimmel spannte sich über die Berge, die Sonne strahlte auf blühende Obstbäume und die erwachende Natur.

Mit erstaunlich huldvollem Lächeln sah die Heigermooser-Sophie Bertl nach, der mit Marianne zum Schützenfest fahren wollte. Doch nun hieß es sich beeilen, um sich ihrem Besuch von der besten Seite zu zeigen.

Mit nervöser Hektik, vor Aufregung dumpf pochendem Herzen zurrte sie das Korsett noch etwas enger, ehe sie sich ins Blauseidene zwängte. Bald darauf lockte die Heigermooserin das Rattern eines schweren Motorrads aus dem Haus. Eine uralte Beiwagenmaschine kurvte auf den Hof, kam knapp vor ihr fauchend und qualmend zum Stehen. Das Lächeln im Gesicht des Lenkers wirkte leicht verzerrt, als er sich ziemlich steifbeinig von seinem Gefährt schwang. Mit seiner Beweglichkeit schien es nicht mehr sehr weit her zu sein. Um so forscher fiel seine Begrüßung aus, irgendwelche Verlegenheit wollte er erst gar nicht aufkommen lassen.

Der Bräumeister Eduard Hahn, ein stattlicher Mann mit grau melierten Schläfen, gefiel Sophie auf den ersten Blick. Sie bemerkte nicht, dass er ziemlich verlebt aussah, seine hellen Augen einen kühl abschätzenden Ausdruck aufwiesen, während er sofort wie ein Wasserfall zu reden begann, ohne sie zu Wort kommen zu lassen. Sie war beeindruckt von seinem Auftreten, seiner Erscheinung, die erst auf den zweiten Blick nicht mehr ganz so taufrisch und gepflegt wirkte, woran auch das gestutzte, gefärbte Bärtchen auf seiner Oberlippe nichts zu ändern vermochte. Ja, sie war sich sofort klar, er war ein Mann mit Lebensart und Bildung, eben ein Herr!

Sie war so aufgeregt, ihr überlastetes Herz schlug wie ein Hammerwerk, trieb ihr hektische Röte ins Gesicht, so dass sie seine Fragen kurzatmig und gepresst beantwortete, ohne sein übertriebenes Interesse an Haus und Hof wahrzunehmen. Endlich war es ihr doch gelungen, ihn in die Bauernstube zu komplimentieren, ehe er seiner Neugier erneut freien Lauf ließ.

Der forsche Bräumeister entschied sich sofort für den Kirschgeist, als sie mit einer Erfrischung aufwarten wollte. Ihr schwindelte vor Stolz und Glück, als er nach dem dritten Stamperl, die er kurz hintereinander gekippt hatte, erklärte: »Ich kann's allweil noch nicht ganz glauben, dass eine Frau von Ihrem Format auf meine Anzeige geschrieben hat.« Dabei griff er ganz automatisch nach der Flasche, goss sich nun bereits selber nach. Den Grund dafür schien er gar nicht wissen zu wollen, denn nun erging er sich in wortreichen Klagen, wie viel Unglück die falsche Wahl des Ehepartners über einen Menschen bringen konnte. Seinen Worten nach zu schließen, musste seine Frau, die vor etlichen Jahren verstorben war, eine einfältige, unfähige und zugleich verschwenderische Person gewesen sein, deren alleinige Schuld es war, dass er es zu nichts gebracht hatte. »Ich bin ein Mensch, bei dem muss sich was rühren, es muss aufwärts gehen, wenn Sie verstehen, was ich meine.«

Wie gut sie ihn verstand, diesen bedauernswerten, sicherlich viel zu weichherzigen Menschen. Mit einem geradezu treuherzig beschämten Blick fügte er hinzu: »Und auf einmal trifft man so eine Frau wie Sie und man steht mit leeren Händen da, muss sich schämen, bloß weil ein so hirnloser Schlampen nichts hat zusammenhalten können, was man alles verdient hat und auf die Füße gestellt hat!«

Auf ihre wohlgepolsterten, im Schoß gefalteten Hände starrend, murmelte die Sophie: »Das Geld ist nicht so wichtig. Bloß auf den Charakter von einem Menschen kommt es an, Herr Hahn!«

»Wenn es Sie nicht stört, nennen sie mich doch Eduard!« Er hielt ihr sein Glas entgegen, sah sie hingerissen, zugleich bittend an: »Ich würde so gern Sophie zu Ihnen sagen.«

Vor Aufregung bekam die Sophie ganz feuchte Hände. Kein Wunder, da sie seine Komplimente, begleitet von tief zu Herzen gehenden Blicken, dahinschmelzen ließen wie Butter in der Sonne.

Er verstand es, sie spüren zu lassen, dass sie noch immer eine Frau war, die auf einen Mann wirkte. Und doch hielt er sich respektvoll zurück, wagte durch nichts, ihr zu nahe zu treten.

Er erschreckte sie eher mit dem Gegenteil, als er wehmütig einfließen ließ: »Hätte ich das alles gewusst«, dabei schaute er sich vielsagend um, »dann wäre ich erst gar nicht gekommen! Da kann ich nicht mithalten, komme mir ganz jämmerlich vor. Was kann ich dagegen schon bieten?«

Geradezu enthusiatisch versuchte Sophie daraufhin zu erklären, wie wenig ihr an Haus und Hof lag, wie ungern sie von jeher Bäuerin gewesen war, wie herrlich sie sich das Leben in der Kreisstadt unter Menschen vorstellte. Dabei übersah sie, wie sein Gesicht immer länger wurde, bis er ziemlich gereizt hervorstieß. »Es ist nicht alles Gold, was glänzt! Schöner als da heroben kann man es nirgends haben!«

Einigermaßen bestürzt wandte sie ein: »Aber die Arbeit, man ist andauernd angehängt, mit dem Vieh …«

Auch dafür hatte er eine ebenso rasche wie erschöpfende Antwort parat. »Alles bloß eine Frage der Einteilung. Außerdem ist man sein eigener Herr, muss sich von keinem was sagen lassen. Freilich, verstehen muss man schon auch was, aber das kann ja nicht so schwierig sein.«

Die Heigermooserin konnte diesen tüchtigen Menschen, der einfach alles und jedes zu verstehen schien, einfach nur uneingeschränkt bewundern. Ein Mann, wie sie sich ihn erträumte.

Als Eduard Hahn – er dehnte diesen ersten Besuch nicht zu lange aus – mit seinem knatternden Gefährt wieder davonbrauste, hinterließ er eine geleerte Flasche Kirschwasser – und bei der Sophie den Eindruck, dass er haargenau der Richtige für sie war. Er hatte sich zwar noch nicht erklärt, so ein erfahrener, feinfühliger Mann brach schließlich nichts übers Knie, doch sein Versprechen, sie am darauf folgenden Wochenende wieder zu besuchen, berechtigte zu den schönsten Hoffnungen.

Auch der Bertl stand unter Druck, insbesondere Mariannes Mutter schien seiner großartigen Ankündigung von der bevorstehenden Hofübergabe zu misstrauen, drängte auf eine Aussprache mit der Nachbarin.

Als er seine Stiefmutter im Laufe der Woche daraufhin vorsichtig ansprach, sie an ihr Versprechen erinnerte, gestand sie errötend: »Gut, dass du drauf kommst, Bertl. Ich habe dir auch was zu sagen. Kann sein, ich heirate wieder!« Um unangenehmen Fragen auszuweichen, nutzte sie seine Betroffenheit, erklärte hastig, Eduard sei ein alter Bekannter von früher, der sie gesucht und wiedergefunden hatte.

Für den jungen Heigermooser war das ein Schlag ins Gesicht; er konnte sich unschwer ausrechnen, welche schwerwiegenden Folgen dieses für ihn nach sich ziehen würde. Alles, was er hervorbrachte, war ein unsicheres »So war's von meinem Vater gewiss nicht gemeint, dass unser Hof in fremde Hände kommt. Als erster hätte schon ich ein Anrecht darauf.«

Sichtlich nervös fiel sie ihm ins Wort: »Es wird dir ja auch nicht streitig gemacht. Ich bin froh, wenn ich die Sorge und die Arbeit los bin. Aber mein Anteil muss mir überschrieben und gezahlt werden, man weiß nie, wie man es noch braucht!«

Wieder vertraute Bertl dieser Zusage, es fiel ihm sogar ein Stein vom Herzen, dass zumindest der Hof vor dem Zugriff dieses ihm fremden Mannes gesichert sein würde. Zudem würde ein Bräumeister seinen angesehenen, gut bezahlten Posten kaum aufgeben; eine Überlegung, die auf eine allen genehme Lösung der Probleme hoffen ließ. Wie gründlich er sich irrte, sollte sich bald erweisen.

Schon am Freitagabend wurde die Heigermooserin von jenem Knattern aufgeschreckt. Ihr Blick wurde jedoch leicht glasig, als sie den abgeschrammten Pappkoffer im Beiwagen sah, der kaum etwas anderes bedeuten konnte, als dass nun die Stunde der Wahrheit nahte. Ohne sich vom Bertl beirren zu lassen, der mehr als gespannt hinzutrat, erklärte der Bräumeister in seiner locker-lässigen Art, er wolle sich lieber hier bei der Arbeit nützlich machen, als untätig daheim herumzusitzen.

Während die Sophie hellauf begeistert war, entfuhr dem Bertl beim Anblick des Motorrads ein belustigtes, durchaus nicht abfällig gemeintes »Jessas, mit der Maschine hat gewiss der Nero schon die Christen verfolgt!« Er musste sich ein gereiztes

»Davon muss man zuerst was verstehen, um mitreden zu können!« gefallen lassen.

Bald darauf, als die Heigermooserin ihrem Gast sein Zimmer zeigte, wurde die Tür zugedrückt, er zog sie in die Arme und gestand: »Die ganze Woche habe ich über uns zwei nachgedacht, hab ich dich nicht vergessen können. Ich weiß, ich kann dir nicht viel bieten, bloß mich selber. Aber wenn du einverstanden bist, dass wir heiraten, machst mich zum ...«

Sophies Ja kam etwas zu vorschnell und tief erleichtert. »Sobald du nur willst, Eduard«, hauchte sie, da ihr der Atem wieder einmal knapp wurde. Sie schwamm in Seligkeit, nahm es kaum richtig wahr, als er ihr gestand, dass er seine Stellung bereits aufgegeben habe, um ihr auf dem Hof beizustehen. Zwischen Küssen ließ er einfließen, dass sein Posten ohnehin nicht so glänzend gewesen war, da der Sternbräu, dessen rechte Hand er war, ihn nur schamlos ausgenutzt hatte, weil ihm zum Bräumeister bloß das lumpige Zeugnis fehlte.

Für die Heigermooserin – sie strahlte vor Begeisterung – war das alles nicht mehr so wichtig. Vergessen war der Traum vom noblen Leben in der Stadt. Mit ihm an ihrer Seite würde sie überall glücklich sein. Nur das allein zählte.

Die stets herzleidende Heigermooserin war nicht wiederzuerkennen; sie schwebte wie auf Wolken, umgurrte ihren Zukünftigen wie ein junges Turteltäubchen, ersparte nicht einmal ihrem Stiefsohn die Peinlichkeit ihres lächerlichen Benehmens.

Es dauerte nicht lange, da spielte sich Eduard auf, als wäre er hier bereits der Bauer; nützlich machte er sich nur mit seiner Besserwisserei. Dies trieb den Bertl zur Weißglut, ein Zusammenstoß war unvermeidlich.

»Als erstes werden die Rösser verkauft! Wozu ist denn der Traktor da?« Bertls Antwort, steiles Gelände sei mit Maschinen nicht zu bearbeiten, tat er mit einem geringschätzigen »Damit muss man bloß richtig umgehen können« ab. »Es wird sich überhaupt einiges ändern müssen«, kündigte er großspurig an.

»Gar nichts wird sich ändern! Die Mutter hat schon zugesagt, dass sie mir übergibt, noch vor ihrer Heirat!« Als der Bertl sah, wie der andere daraufhin deutlich erschrak, sogar irgendwie nervös wurde, glaubte er, seine Stiefmutter zumindest in diesem Fall auf seiner Seite zu haben. Sie würde es also doch nicht über sich bringen, ihn um sein angestammtes Erbe zu betrügen.

Der flotte Eduard, dem das Wasser bis zum Hals stand, der einen Unterschlupf, ein warmes Nest suchte, blieb jedoch nicht untätig. Dieser arbeitsscheue Sprüchereißer wollte alles dransetzen, um sich noch einige schöne Jahre in Saus und Braus zu sichern; dazu hatte ihm der Zufall die einfältige Sophie im passenden Moment zugeführt. Ihm schien es nun zu eilen, sein Schäfchen ins Trockene zu bringen.

Mit einer Leidensbittermiene und der Andeutung, dass aus ihnen beiden wohl doch nichts werden könne, riss er die Heigermooserin jäh aus ihrem Glückstaumel heraus. »Es ist wegen dem Bertl, diesem aufsässigen Kerl. Er hat was gegen mich, und wenn er erst das Sagen hat, nachher wird er es mir heimzahlen.«

»Was dir einfällt! Bäuerin bin allweil noch ich.«

»Fragt sich bloß, wie lange noch! Wenn er dich aufs Altenteil geschoben hat, bist der Garniemand, kannst nimmer aufmucken. Ich versteh es überhaupt nicht, dass sich eine noch so junge Frau wie du das Heft schon aus der Hand nehmen lässt!«

Schuldbewusst räumte sie ein: »Ich habe mir halt gedacht, Eduard, dass wir zwei es schöner haben und weil er andauernd drängelt. Aber wenn das so ist, nachher soll er mir den Buckel runterrutschen. Ich muss mir doch von diesem Rotzbuben keine Vorschriften machen lassen!«

»Ganz recht, Sopie! Ich tät dir ja gern beistehen, ihm sagen, wo der Bartl den Most holt, aber dazu müsste ich schon ein Recht darauf haben als dein Mann. Ehe er uns zu aufsässig wird, sollten wir doch heiraten.«

Diese von ihrer späten Leidenschaft mit Blindheit geschlagene Frau ließ sich von ihm wie eine Marionette dirigieren; sie war Wachs in seinen Händen. Sie würde dem Bertl schon das Nötige sagen, ihn auf den ihm gebührenden Platz verweisen. Und gleich in den nächsten Tagen wollte man das Aufgebot bestellen!

Es fiel dem Bertl nicht leicht, aber er musste den Deiningerbauern nun Rede und Antwort stehen, die veränderte Sachlage erklären, ehe sie es von anderen erfuhren.

Der Deininger-Hans, seine Frau und Marianne, deren Augen sich mit Tränen füllten, hatten dem Bertl schweigend und betroffen zugehört. Plötzlich brauste die Bäuerin heftig auf: »Ich hab es ja allweil gesagt, dass dich diese Spinatwachtel noch einmal um Haus und Hof bringt! Ich verstehe deinen Vater einfach nicht, dass er kein Testament gemacht hat. Er hat's doch selber früh genug zu spüren gekriegt, was für eine hirnlose Person sie ist.«

»Jetzt ist das Kind schon in den Brunnen gefallen«, beschwichtigte ihr Mann, dabei streifte sein Blick wie zufällig seine Tochter. »Es wird dem Bertl nichts anderes übrigbleiben, als sich ein Erbteil auszahlen zu lassen, sich woanders was zu suchen, auch wenn es ein Jammer und eine Schande ist um den schönen Hof. «

»Dieser hergelaufene Gescheitmeier wird bald alles heruntergewirtschaftet haben, was von meinen Vorfahren aufgebaut und zusammengehalten worden ist«, kam es niedergeschlagen vom Bertl.

Marianne erhob sich, trat zu ihm und sagte entschieden: »Wie's auch kommt, wir zwei lassen uns nimmer auseinanderbringen! Wir werden auch woanders unser Auskommen finden!«

Das Deiningerpaar brachte es nicht übers Herz, dagegen erneut Einspruch zu erheben, obgleich sie ihre Tochter liebend gern als Bäuerin auf dem Nachbarhof gesehen hätten. Doch man wusste, der Bertl war ein tüchtiger, strebsamer Mensch und würde auch woanders einen neuen Anfang schaffen.

Für ihn, der um sein angestammtes Erbe betrogen wurde, bedeutete die Liebe des Mädchens mehr, als er auszudrücken vermochte.

Zur Feier des Tages – man wollte heute das Aufgebot bestellen – zwängte sich die Heigermooser-Sophie wieder einmal in ihr Blauseidenes. Die Aufregung und die Hektik der vergangenen Tage waren an ihr nicht ganz spurlos vorübergegangen, sie wusste vor Nervosität oft kaum noch, wo ihr der Kopf stand. Zudem wurde sie von ihrem Zukünftigen, der ihr mit Absicht keine Zeit zu ruhigem Überlegen ließ, ganz schön auf Trab gehalten.

Eduard Hahn konnte es nicht schnell genug gehen, auf dem Standesamt alles unter Dach und Fach zu bringen, das Aufgebot zu bestellen. »So tummel dich doch ein wenig!«, trieb er die ohnehin schon völlig konfuse Sophie ein ums andere Mal an, die treppauf und treppab hastete, bald dies und bald das verlegte und wieder suchte.

Indessen ging er zum Bertl, verlangte gebieterisch: »Gib mir die Autoschlüssel! Wir müssen los!«

Kein Wunder, dass dem Bertl, der wusste, wohin es ging, der Kamm schwoll, so dass er ebenso ruppig entgegnete: »Nichts da, ich brauche meinen Wagen, den ich vom Vater habe, selber! Da wirst schon mit deiner Kiste fahren müssen!«

Wütend ging Eduard davon, holte seine klapprige Maschine aus dem Schuppen, während er sich schwor, dass als nächstes gleich ein Wagen angeschafft wurde; einer, der sich sehen lassen konnte, versteht sich.

Obgleich Bertl nicht zum Lachen zumute war, genoss er den kuriosen Anblick, als sich seine schwergewichtige Stiefmutter in ihrem Blauseidenen in den engen, unbequemen Beiwagen zwängte, schwer atmend mahnte: »Gelt, dass du mir aber nicht zu schnell fährst!« Sie schwitzte schon jetzt Blut und Wasser, kreischte schrill auf, als er losbrauste.

Immer noch wütend, drehte Eduard das Gas auf, überhörte ihre Angstschreie bei jeder Kurve. Sei es, dass er ihr seine Fahrkünste vorführen wollte oder die kostbare Last im Beiwagen zu schwer war, er verlor die Gewalt über sein Fahrzeug, donnerte in ein ebenes Feld, wo er zum Stehen kam. Nichts schien passiert zu sein, sogar Vorwürfe blieben aus. Als er sich seiner Zukünftigen zuwandte, die ihm einen gesicherten Lebensabend ermöglichen sollte, gefor ihm sein verlegenes Lachen.

Stumm, ohne einen Laut von sich zu geben, saß die Sophie etwas vornübergebeut da, rührte sich nicht mehr. Ihr schwaches Herz war vor Schreck einfach stehen geblieben. Ein hoher Preis für einen zweiten Frühling, eine kurze Leidenschaft.

Als man im Lahnwinkel vom schicksalhaften jähen Ende dieser Fahrt erfuhr, hielt sich die Trauer in Grenzen; man fühlte sich wie von einem Alptraum erlöst.

Die späte Liebe des Schneidhof-Bauern

Neue Besen kehren gut, heißt ein altes Sprichwort. Selbst die Kuni, die bald sechzigjährige Haushälterin, musste zugeben, dass der Schneidhofer-Lorenz mit der Vroni einen guten Griff getan hatte. Denn seit ihr das aufgeweckte, bienenfleißige Mädel als Haus- und Küchenmagd zur Hand ging, wehte ein frischer Wind auf dem großen, stattlichen Hof, der einer der schönsten im Tal der Weißen Traun war.

Als die Schneidhofer-Anna vor zehn Jahren viel zu jung gestorben war, hatte sie eine Lücke hinterlassen, die sich nie mehr geschlossen hatte. Der Bauer, er war damals noch keine fünfzig, dachte gar nicht daran, sich noch einmal zu verheiraten. Das hätte er schon wegen Rupert nicht übers Herz gebracht. Schließlich war sein einziger Sohn selber schon im heiratsfähigen Alter und würde sich über kurz oder lang eine junge Bäuerin auf den Hof holen.

Leider sollte sich der Schneidhofer in dieser Hoffnung getäuscht sehen, denn sein Sohn ging allen Vergnügungen geflissentlich aus dem Weg und er hatte keinerlei Interesse daran, eine Frau kennen zu lernen. Er entwickelte sich immer mehr zu einem viel zu ernsthaften Menschen, der das Jungsein vergaß. Schuld daran war ein Gebrechen, das er sich als Vierzehnjähriger bei einem Unfall zugezogen hatte. Sein linkes Bein war etwas kürzer, so dass er hinkte, und obwohl er zu einem gut aussehenden jungen Mann heranwuchs, begann er unter diesem wenig bedeutungsvollen körperlichen Makel immer stärker zu leiden. Er hielt sich für einen Krüppel, dem man höchstens Mitleid entgegenbringen konnte. Und Mitleid war ihm verhasst.

Auf die immer drängender werdenden Bitten seines Vaters, endlich ans Heiraten zu denken, reagierte er nur abweisend. Für den Schneidhofer-Lorenz war das Grund zu immer ernsterer Sorge, denn auch mit seiner eigenen Gesundheit stand es nicht mehr zum Besten. Obleich ihn die Gicht immer schmerzhafter plagte, vermochte er üppigen, schweren Mahlzeiten nicht zu widerstehen, ebensowenig den hochprozentigen Getränken. »Denn«, so sagte er sich, »ein bissl Freud braucht der Mensch!«

Das hatte auch die Kuni verstanden und ihm eine Leibspeise nach der anderen gekocht, ohne dabei zu ahnen, was sie dem Bauern damit antat.

Das hatte sich jedoch schlagartig geändert, als die Vroni den Bauern wieder einmal ganz jämmerlich daherhinken und bei jedem Schritt schmerzlich das Gesicht verziehen sah. In ihrer resoluten, aber herzlichen Art erklärte sie: »So geht das nicht weiter. Ich hab genau gehört, was der Doktor alles verboten hat, und von jetzt an wird danach gelebt.« Dabei funkelte sie ihn mit ihren haselnussbraunen Augen recht angriffslustig an. »Für dich koch ich nur noch, was du essen darfst, und du brauchst keine Angst zu haben, dass du dabei hungern wirst.

»Ja, wenn du meinst«, gab er überraschend schnell zu. Es tat ihm ganz wohl, wenn man sich um ihn sorgte. Wohl mehr, um Vronis Widerspruch herauszufordern, als aus Überzeugung, fügte er noch etwas kläglich hinzu: »Viel wird es eh nimmer helfen in meinem Alter.«

»Jetzt hörst aber auf! Du bist ein Mannsbild in den besten Jahren!«, schalt sie mit gespielter Entrüstung. »Du wirst es schon sehen, wenn du dich an meine Kost hälst, rennst bald wieder wie ein Junger.«

Vronis Sorge um den Bauern entsprang echter Hilfsbereitschaft, aber auch einem Gefühl der Dankbarkeit. Denn eine bessere Stellung als hier hätte sie kaum finden können. Auf diesem Hof wurde man nicht als Dienstbote, sondern als Mensch behandelt, was durchaus nicht überall der Fall war. Das übliche Antreiben, Geschrei und Geschimpfe oder gar ein Ausnutzen gab es beim Schneidhofer nicht.

Die natürliche Fröhlichkeit der aufgeweckten, hübschen Vroni wirkte sogar auf den zurückhaltenden Sohn des Hauses ansteckend. Bei ihr vergaß

Rupert sogar seinen Argwohn, den er Mädchen gegenüber hegte. Und so dauerte es gar nicht lange, da hatte er sich Hals über Kopf in sie verliebt. Nur hätte er sich nie getraut, das zuzugeben. Zudem fehlte ihm die leichte, lockere Art, mit Mädchen umzugehen.

Bei den Mahlzeiten oder bei der Arbeit, immer dann, wenn sie nicht allein waren, konnte Rupert ungezwungen mit Vroni sprechen, wagte er sogar diesen oder jenen Scherz. Doch war er allein mit ihr, redete er nur das Notwendigste, gab sich hölzern und verschlossen.

Vroni zerbrach sich oft den Kopf darüber, was sie wohl falsch machte, dass sie von Rupert oft so kühl und reserviert behandelt wurde. Auf die Idee, dass sich ein so gut aussehender, noch dazu wohlhabender Bursch eines – wie sie meinte – kaum wahrnehmbaren Hinkens wegen gehemmt fühlen konnte, auf die Idee wäre sie nie gekommen.

Am ersten Sonntag im Mai, Vroni war gerade vier Wochen auf dem Schneidhof, fragte der Bauer: »Was ist mit euch jungen Leuten, will jemand mitfahren, wenn sie heute im Dorf den neuen Maibaum aufstellen? Schließlich hab ich den Baum gestiftet, darum will ich auch sehen, wie er dasteht.«

»Freilich fahr ich mit, Vater«, antwortete ohne rechte Begeisterung der Rupert, der sich vor dieser Verpflichtung schlecht drücken konnte.

Gut gelaunt sagte der Schneidhofer-Lorenz: »Die Vroni und der Bartl kommen natürlich auch mit. Was ist mit dir, Kuni?«

Abwehrend hob die alte Haushälterin die Hände, als sie ausrief: »Nein Bauer, ich danke dir schön! In meinem Alter hat man für solche Lustbarkeiten nichts mehr übrig.«

Vroni hob den Blick und ertappte Rupert dabei, wie er sie nachdenklich ansah. »Ich freu mich drauf«, sagte sie mit einem offenen, strahlenden Lächeln. »Du doch auch?«

»Ja, schon«, räumte Rupert etwas gedehnt, doch mit einem Schmunzeln ein und hielt ihrem Blick einen Sekundenbruchteil stand.

Sie verstand nicht, warum ihr Herz plötzlich wie irrsinnig zu klopfen begann und sie sich ungeduldig auf den Ausflug freute. Doch hätte sie viel für ein nettes Wort, eine vertrauliche Geste von ihm gegeben, doch darauf würde sie wohl vergeblich warten.

Selbst dem Bartl entfuhr ein anerkennender Pfiff, als Vroni in einem bunten Sommerdirndl aus dem Haus trat. Und der Schneidhofer, der bereits neben seinem Sohn auf dem Bock der Kutsche wartete, machte aus seiner Bewunderung kein Hehl, als er schmunzelnd sagte: »Bildschön schaust aus! Stimmt es, Rupert?« Ein stummes Nicken war Ruperts einzige Antwort.

Behende wie ein Eichhörnchen kletterte Vroni in die Kutsche, setzte sich neben den Großknecht und los ging die Fahrt, durch blühende Wiesen, während droben auf den Gipfeln von Hochfelln und Rauschberg noch weiße Firnflecke glitzerten.

Auf dem Dorfplatz herrschte schon eine ausgelassene Stimmung. Bei einigen machte sich schon der Maibock bemerkbar. Mit lautem Hallo und Hochrufen wurde der Schneidhofer als der edle Spender und Stifter der mächtigen Tanne begrüßt, die, geschält und mit Bändern und Girlanden geschmückt, darauf wartete, den Dorfplatz zu zieren.

Die vom Schneidhof setzten sich an einen der langen, roh zusammengezimmerten Tische. Dann bekam jeder einen überschäumenden Maßkrug hingestellt, damit sie bei dem Schauspiel, das nun seinen Anfang nahm, nicht verdursteten.

Vroni, die zwischen dem Bauern und Rupert saß, entging die Kraftprobe der jungen Burschen, die den Maibaum aufrichteten. Schaulustige versperrten ihr die Sicht. Als die grüne Krone des Baumes schon fast senkrecht stand und die Zuschauer zu den Klängen der Blasmusik Beifall klatschten, erschien der Bürgermeister, rief geschäftig vorbeihastend: »Gelt, Schneidhofer, du als der Stifter machst den Anfang beim ersten Tanz.«

Schmunzelnd wandte der Bauer sich an seinen Sohn und sagte: »Die Aufgabe musst schon du mir abnehmen, Rupert. Die Vroni wird dir diesen Tanz gewiss nicht abschlagen.«

Rupert antwortete etwas, das bei dem Gedudel der Blasmusik und dem Lärm nicht zu verstehen war. Vroni hüpfte das Herz vor Freude. Sie konnte sich gar nichts Schöneres vorstellen, als mit Rupert zu tanzen. Aber noch war es nicht so weit. Zuerst musste der Maibaum aufrecht stehen und befestigt werden, was sicher ein Weilchen dauern würde.

Niemand dachte sich etwas dabei, als Rupert aufstand und seinen Maßkrug mitnahm, weil er sich wohl noch eine Maß genehmigen wollte. Aber er kam nicht zurück.

Wie erstarrt saß Vroni da, als ein Tusch den ersten Tanz ankündigte und der noble Spender aufgerufen wurde. Vor Enttäuschung und Scham wäre sie am liebsten in den Erdboden versunken.

»Wo ist er denn?«, fragte der Schneidhofer verdutzt. Um keine Verlegenheit aufkommen zu lassen, forderte er Vroni auf: »Komm, probieren halt wir es miteinander.«

Als er mit ihr, unter dem Beifall der Zuschauer, um den Maibaum walzte, mahnte Vroni: »Ein bissl langsamer, Bauer, deine Gicht ...«

Zwar ein wenig außer Atem, jedoch lachend, fiel er ihr ins Wort: »Mit deiner Diätkost hast mich kuriert. Ich spür gar nichts mehr.«

Die gute Laune des Bauern brachte nun auch Vroni zum Lachen. Weder störte es sie, noch dachte sie sich etwas dabei, als er ihr gestand: »Mit so einem Mädl im Arm, da könnt man direkt wieder jung werden.«

Als der Tanz zu Ende war, mahnte sie: »Ich muss jetzt aber heim, Bauer. Es ist bald Stallzeit, da muss ich ...«

»Ach was, eine Maß möcht ich mir schon noch genehmigen«, fiel der Schneidhofer-Lorenz ihr aufgekratzt ins Wort. »So jung kommen wir eh nimmer zusammen.«

Rupert hatte sich nicht mehr sehen lassen. Auch der Großknecht, der schon beim Fuhrwerk auf den Schneidhofer wartete, wusste nicht, wo er war. Doch bereitwillig fragte er: »Soll ich schnell zum Postwirt einischauen, Bauer? Vielleicht sitzt er da drin.«

»Nichts da! Wenn er nicht pünktlich sein kann, muss er halt zu Fuß heimgehen. Komm, Vroni, du setzt dich neben mich. Dann soll unser Brauner einmal zeigen, wie flink er ist.«

War es das Bier, der starke Maibock, der dem Schneidhofer-Lorenz zu Kopf gestiegen war? Denn so rasant hatte man ihn seit vielen Jahren nicht mehr kutschieren sehen, dabei lachte und strahlte er über das ganze wohlgenährte, rosige Gesicht.

Es war aber das junge, bildhübsche Mädel an seiner Seite, das ihm das Blut schneller durch die Adern fließen ließ. Ihm war, als fielen die Jahre von ihm ab, als kehrte eine Zeit zurück, die er längst vergangen glaubte. Ja, plötzlich fühlte er sich wieder lebendig, spürte er, dass er immer noch ein ganzer Kerl war. Beflügelt vom allzu rasch genossenen Bier ließ er seiner Phantasie freien Lauf und es waren recht angenehme Vorstellungen, die auf dieser Heimfahrt förmlich auf ihn einstürmten.

Er war erst Mitte fünfzig, immer noch stattlich und in den besten Jahren, wie die Vroni selber gesagt hatte. Seit ihn sein Leiden nicht mehr plagte, konnte er es wieder mit jedem Jungen aufnehmen. Und wenn er auf sich achtete, dann hatte er noch eine ganze Reihe schöner Jahre vor sich. Er gehörte noch längst nicht zum alten Eisen. Warum also sollte er es nicht noch einmal riskieren?

Er war heute in einer zu guten Stimmung, um auch den anderen weniger erfreulichen Gedanken Raum zu lassen. Er wollte nicht daran denken, was sein Sohn dazu sagen würde. Auch nicht daran, dass die Vroni gut und gern seine Tochter hätte sein können.

In seiner überschäumenden Laune hätte er es mit der ganzen Welt aufgenommen. Schwierigkeiten würde er aus dem Weg räumen, wenn es so weit war. Denn vorerst träumte er noch und er wollte auch nichts übers Knie brechen.

Die Kuni erwartete sie, sie stand in der Haustür und fragte gleich nach dem Rupert. Als sie hörte, dass er plötzlich verschwunden war, sagte sie mit einem hoffnungsvollen Aufseufzen: »Er wird doch nicht am Ende irgendwo ein Mädel haben. An der Zeit wär's ja längst, dass er ans Heiraten denkt.«

»Was? Jetzt auf einmal?«, sagte geradezu vorwurfsvoll der Schneidhofer, während Vroni erschrocken zusammenzuckte und sich fragte, warum sie diese Möglichkeit nie bedacht hatte.

Leicht verwundert fragte die Haushälterin den Bauern: »Wär's dir auf einmal nimmer recht, wenn eine Junge ins Haus käm? Du selber hast doch schon auf ihn eingeredet wie auf einen kranken Gaul, dass er …«

Ungeduldig fiel der Lorenz ihr ins Wort: »So was muss ja nicht von heut auf morgen gehen. Man will schließlich noch gefragt werden.« Irgendwie war ihm seine gute Laune plötzlich verdorben. Vielleicht sollte er sich doch lieber ein Weilchen niederlegen, damit das Stechen in seinem Fuß, das gewiss nur von dieser Tanzerei kam, nicht schlimmer wurde.

Immer noch von Scham und Reue über seine Feigheit geplagt, kam Rupert kurz nach Sonnenuntergang heim. Nur aus Angst, sich als ungeschickter Tänzer zu blamieren, hatte er die Flucht ergriffen. Er hätte es nicht ertragen, ausgelacht zu werden, gerade von der Vroni nicht. Trotzdem hatte er das dringende Bedürfnis, sich für sein verletzendes Benehmen zu entschuldigen.

Das Abendessen war vorbei, Vroni war noch mit dem Abwasch beschäftigt, als Rupert die Küche betrat und unschlüssig stehen blieb. Alles, was er sich zurechtgelegt hatte, war plötzlich aus seinem Gedächtnis verschwunden.

»Wir haben nicht damit gerechnet, dass du so bald heimkommst, sonst hätt ich dir dein Essen warm gehalten«, sagte die Vroni, ohne ihre Arbeit zu unterbrechen.

»Wo hätt ich denn noch bleiben sollen?«, fragte er überrascht.

Vroni spürte, wie ihr brennende Röte in die Wangen stieg, als sie erwiderte: »Die Kuni hat auch gemeint, du hättest halt eine angenehmere Gesellschaft gefunden als deinen Vater und mich.«

»So ein Blödsinn! Was denn für eine Gesellschaft?«, stieß er irritiert hervor, weil er die Anspielung offensichtlich nicht verstand.

Vroni lag es nicht, lange um den heißen Brei herumzureden, und so entgegnete sie rundheraus:

»Sicher gibt es ein Mädel, mit dem du lieber getanzt hättest als mit einer Magd!« So, nun war es heraus, nun war ihr wohler.

»Herrjeh, Vroni, so was darfst du nicht denken«, widersprach Rupert heftig. »Das war nicht der Grund, ich hab dich nicht kränken wollen, gewiss nicht! Ich ...« Er sah sie bittend an, zugleich hilflos, und geriet ins Stocken. »Es war ... Also, die Wahrheit ist, ich hab mich nicht lächerlich machen wollen mit dieser Tanzerei.« Er hatte sich schon zum Gehen gewandt, als er noch hinzufügte: »Einer wie ich soll so was lieber lassen.« Im nächsten Augenblick war er auch schon zur Tür hinaus.

Plötzlich hatte auch die Vroni begriffen, wie sehr er unter seinem Gebrechen litt. Heißes Mitleid, gemischt mit einem Gefühl großer Zärtlichkeit, stieg in ihr auf. Doch beides würde sie für sich behalten müssen. Er wollte nichts dergleichen haben. Niemand konnte ihm helfen, wenn es ihm nicht gelang, sich selbst zu akzeptieren, so wie er war.

Es war so schwer, mit einem Herzen voller Liebe neben ihm herzuleben und mit anzusehen, wie auch er sich quälte, ohne die Wand, die er um sich herum aufgebaut hatte, durchbrechen zu können.

Die Kuni kam herein, sah sie verwundert an und fragte: »Warum weinst denn?«

»Ich? Ich wein doch nicht«, versicherte die Vroni hastig. »Mir muss was ins Auge geflogen sein.«

Die gute, ja fast übermütige Laune des Schneidhofers war nicht zu übersehen, doch jeder, auch die Vroni, nahm sie als Zeichen für seinen sichtlich gebesserten Gesundheitszustand. Sogar an der Arbeit begann er sich wieder zu beteiligen, doch das geschah mehr, um seiner inneren Unruhe, dem Fieber in seinem Blut Herr zu werden, das ihn immer stärker plagte. Diesem zweiten Frühling, der ihn beutelte.

Freilich, so einfach, wie er sich das in seiner bierseligen Laune neulich ausgemalt hatte, war es doch nicht. Auch wenn ihm die jäh erwachte Leidenschaft, aber mehr noch der zu hohe Blutdruck, den Verstand etwas vernebelten, gab es doch einiges, was ihn zaudern ließ. Ein Mann seines Alters, seines Standes, machte sich nicht gern zum Narren. Da gab es einiges abzuwägen und zu prüfen.

Dass das Mädel ihn mochte, sogar gern hatte, das glaubte er zu wissen. Weshalb sonst sollte es ihn so verwöhnen, sich so sehr um ihn sorgen? Mit der entscheidenden Frage wollte er sich allerdings noch etwas Zeit lassen. Noch hielten ihn Angst und Scheu davor zurück.

Für die Vroni war es nur sèlbstverständlich, dass sie sich immer mehr an den Bauern hielt, der stets fröhlich und gut gelaunt war. Doch er war für sie so etwas wie eine väterliche Respektsperson. Nie hätte sie es gewagt, ihm gegenüber nachlässig oder gar herausfordernd zu sein.

Es war gerade das gute Verhältnis zum Bauern, das sie ein wenig mit Ruperts Verschlossenheit versöhnte. Freilich, manchmal meinte sie etwas in Rupert Blick zu sehen, das sie mit heißer Freude erfüllte und hoffen ließ. Doch dann wieder bezweifelte sie allen Ernstes, ob er sich je etwas aus ihr machen würde.

Das war um so schlimmer, als sie sich immer stärker zu ihm hingezogen fühlte und ihre Gefühle für den ruhigen, jungen Mann immer schwerer unterdrücken konnte.

Das Frühjahr ging allmählich in den Sommer über. Die Almflecke auf dem Hochfelln und Rauschberg waren schneefrei; nur in den schattigen Schründen und Klüften hielten sich noch letzte Reste. Die Zeit des Almauftriebs stand bevor.

Auch zum Schneidhof gehörte eine Alm, die auf der Südseite des Hochfelln gelegen war. Eine fest gemauerte Sennhütte, die sich in ein sattgrünes Kar schmiegte. Seit vielen Jahren schon sennte die Zagl-Kathl, eine längst nicht mehr junge, aber verlässliche Sennerin für den Schneidhofer.

Es war abgemacht, dass die Kathl auch in diesem Almsommer die Hütte bewirtschaften, das Vieh versorgen würde. Aber wenige Tage vor dem Auftrieb bekam der Lorenz die Nachricht, dass sich die Zaglin die linke Hand schlimm verbrüht hatte und es gut und gern etliche Wochen dauern konnte, bis sie imstande war, ihren Posten zu übernehmen.

Nun war guter Rat teuer. Wo nahm man so schnell eine Sennerin her? Jeder Tag, den das Vieh länger im Stall daheim stand, kostete Futter und Geld.

Ohne lange zu zögern, erbot sich die Vroni einzuspringen. »Wenn ich nicht den ganzen Sommer droben bleiben muss, übernehm ich die Arbeit wirklich gern.«

Obwohl der Schneidhofer sie nicht gern aus dem Haus ließ, fiel ihm doch ein Stein vom Herzen. »Nein, nein, nicht den ganzen Sommer. Bloß ein paar Wochen, denn auf die Kathl ist Verlass«, erklärte er erleichtert.

»Angst, so allein dort droben, wirst du ja keine haben?«

Lachend verneinte sie, und schon war man aus der Verlegenheit heraus. Wieder einmal hatte sie bewiesen, was für ein tüchtiges und verständiges Mädchen sie war. Immer auf den Vorteil des Hofes bedacht.

Letzteres verhielt sich jedoch etwas anders. Vroni hoffte vielmehr, auf der Alm von ihrer unglücklichen Liebe geheilt zu werden, wenn sie Rupert eine Zeit lang nicht mehr sah. Denn endlich glaubte sie verstanden zu haben, weshalb er sich ihr gegenüber so sehr zurückhielt, obgleich seine Blicke verrieten, dass auch sie ihm nicht gleichgültig war. Es war eben doch so, dass sie nur eine Magd und keine Bauerntochter mit klingendem Namen und einer großen Mitgift war.

So bitter diese Erkenntnis sie traf, sie musste sich damit abfinden. Und aus diesem Grund fiel es ihr gar nicht so schwer, den Hof zu verlassen. In der Einsamkeit der Almhütte würde sie schon wieder zu sich selber finden.

Fast hatte es den Anschein, als sei auch Rupert froh über diese Trennung. Mit einer an ihm ungewohnten Gesprächigkeit gab er sogar zu: »Ohne deine Hilfe würden wir jetzt schön dastehen. Zudem kann man sich drauf verlassen, dass bei dir das Vieh in guten Händen ist, was man bei einer anderen Aushilfe ...«

Ein wenig schroff fiel sie ihm ins Wort: »Um euer Vieh brauchst dir keine Sorgen zu machen. Ich hab längst gelernt, was man seinem Bauern schuldig ist.«

»So hab ich es nicht gemeint«, antwortete er, schon wieder abweisend.

Auch Vronis Gesicht hatte einen gekränkten Ausdruck, als sie ihm nachsah, wie er mit federndem Schritt davonging. Es war wirklich höchste Zeit, dass sie aus diesem Haus kam!

Als es dann so weit war und sie sich im Morgengrauen an den Almauftrieb machte, nachdem der Bauer sich die Tiere noch einmal angesehen hatte, da hatte die Vroni doch einige Mühe, die aufsteigenden Tränen zu verbergen. Rupert blieb im Hof, anstatt den langsam dahintrottenden Zug zu begleiten. Sie nahm das als Beweis, dass er froh war, sie los zu sein.

Auf dem Schneidhof war es sehr still geworden, seit die Vroni fort war. Nun fiel es jedem auf, wie sehr sie mit ihrem aufgeweckten, heiteren Wesen das große Haus belebt hatte.

»Ich kann nichts anderes sagen, mir fehlt das Mädl«, gab die alte Kuni als erste zu. »Jetzt merkt man erst, wie traurig wir dahinleben.« Mit einem raschen Seitenblick auf Rupert fügte sie hinzu: »Mit einer Jungen im Haus wär gleich alles anders.«

»Ja, das ist genau meine Red«, sagte der Schneidhofer-Lorenz viel zu hastig. Es war ihm völlig ernst damit, auch wenn es nicht sein Sohn war, den er sich als Hochzeiter dachte. Fast war er versucht, ein paar Andeutungen zu machen, aber dann hielt er es für vernünftiger, damit zu warten, bis er mit der Vroni geredet hatte. Der Gedanke, sie zu seiner Bäuerin zu machen, ließ ihn nun Tag und Nacht nicht mehr los. Sein Entschluss stand fest und er war felsenfest davon überzeugt, dass sie nicht nein sagen würde.

Am schlimmsten jedoch war es für Rupert. Ihm fehlte die Vroni so sehr, dass es ihm fast das Herz umdrehte.

Nun wurde es ihm klar, dass er sich ein Leben ohne sie nicht mehr vorstellen konnte. Längst bereute er seinen Argwohn ihr gegenüber, seine oft geradezu abweisende Zurückhaltung, während sie ihm stets mit ehrlicher, offener Freundlichkeit entgegengekommen war.

Warum begriff er erst jetzt, da er sie gekränkt und verletzt hatte, wie glücklich er mit ihr wäre? Stattdessen hatte er ständig nach einem Wenn und Aber gesucht. Er sah ein, dass er einen großen Fehler gemacht hatte. War es möglich, dass sie ihm seine Ungerechtigkeit und sein ständiges Misstrauen, das nur seinem Selbstmitleid entsprang, verzeihen konnte?

Von der Schneidhofer-Alm an der Südflanke des Hochfelln konnte man an klaren Tagen bis weit hinein in die Tiroler und Salzburger Berge sehen. Doch viel Zeit, sich diesem malerischen Anblick hinzugeben, hatte die junge Sennerin leider nicht.

Es dauerte mehrere Tage, bis sich das Vieh in der neuen Umgebung eingewöhnt hatte.

Oft musste die Vroni rennen und springen, um eines der Tiere zurückzutreiben, ehe es sich auf einem schmalen Grasband im Fels verstieg. Abends war sie dann todmüde. Meist schlief sie dann sofort ein.

Doch schon nach wenigen Tagen zog die Herde friedlich weidend über das Almfeld, war die Hütte blitzsauber und die Sennerin kam zur Ruhe. Nun erst begann sie unter der Einsamkeit zu leiden, legte sich ihr die Stille fast beklemmend aufs Gemüt. Sie, die so gern redete, lachte, war für dieses abgeschiedene, allzu beschauliche Leben nicht geschaffen.

Sie sehnte sich zurück auf den Schneidhof. So übermächtig überkam sie das Heimweh, dass sich die Tage wie eine Ewigkeit hinzuziehen schienen. Längst bereute sie ihre so voreilig angebotene Hilfe, hoffte, dass die Zagl-Kathl bald gesund würde, damit sie wieder ins Tal auf den Hof zurückkehren konnte.

Es war am sechsten Tag, noch vor dem Mittag, als Vroni vor Freude am liebsten aufgejubelt hätte. Denn wer da das Kar heraufstieg, war kein anderer als der Rupert. Kein Wunder, dass ihr das Herz bis zum Hals hinauf schlug.

Als sie vor die Tür trat, musste sie sich beherrschen, um ihm nicht entgegenzulaufen und sich wie eine kindische Närrin zu benehmen.

Etwas außer Atem, denn er hatte sich keine Rast während des zügigen Aufstiegs gegönnt, begrüßte

Rupert sie mit geradezu überraschender Herzlichkeit. »Hast dich schon eingelebt?«, erkundigte er sich gleich.

Zugleich verwundert und erfreut über seine Fürsorge, gab sie ehrlicherweise zu: »Nein, und ich fürcht, das kann ich auch nicht. Ich bin so froh, dass ich endlich wieder reden kann ...« Sie brach unvermittelt ab. Nun erst fiel es ihr auf, dass er weder eine Kraxe noch einen Rucksack dabei hatte. »Wo hast denn meine Wochenzehrung?«, entfuhr es ihr. »Nicht, dass ich nichts mehr zu essen hätt, denn die Kuni hat mir so reichlich mitgegeben ...«

»Dann ist es ja gut«, fiel er ihr mit einem belustigten Schmunzeln ins Wort, ehe er gestand: »Weil ich deswegen nicht gekommen bin.«

Vroni verstand gar nichts mehr. Unwillkürlich fragte sie sich, ob das noch der gleiche Mensch war. Ziemlich verwirrt fragte sie: »Ach so, nachher bist rein zufällig vorbeigekommen?«

Rupert schüttelte den Kopf und hielt ihrem Blick stand, als er mit einem tiefen Aufseufzen erwiderte: »Ich hab es einfach nimmer länger daheim ausgehalten – ohne dich.«

Ist das wahr? wollte sie fragen, doch sie brachte nicht ein Wort über die Lippen, denn plötzlich war ihr nach Lachen und Weinen zugleich zumute. »Ich träum doch nicht?«, sagte sie leise.

»Nein, du nicht!«, antwortete mit leiser, zärtlicher Stimme der Rupert, der sich nun ein Herz fasste und sie behutsam in die Arme zog. »Ich hab mich wie ein Narr benommen«, gestand er. »Erst als du fort warst, sind mir die Augen aufgegangen.

Du hast mir gefehlt, Vroni, und ich weiß, dass ich ohne dich nimmer sein kann. Ich kann es nimmer länger aufschieben, ich muss dich fragen, ob du mich magst – so wie ich nun einmal bin – ob du ja sagst …«

Vroni konnte nicht länger an sich halten. Mit einem Aufatmen, das fast einem Aufschluchzen glich, fiel sie ihm glücklich ins Wort: »Ich mag dich genauso wie du bist, Rupert. Ich hab dich doch vom ersten Tag an schon gern gehabt, auch wenn du mich oft recht unglücklich gemacht …«

Plötzlich konnte sie nicht mehr weiterreden, wusste auch schon gar nicht mehr, was sie sagen wollte. Denn da waren seine Lippen, die ihr zärtlich den Mund verschlossen, seine Arme, die sie behutsam und doch so fest umfingen, als wollte er sie nie mehr loslassen.

Schon den ganzen Vormittag hatte es den Schneidhofer-Lorenz rastlos umhergetrieben, bis er sich schließlich sagte: »Ob ich heute oder morgen geh, das ist schon einerlei.« Laut rief er zur Küchentür hinein: »Kuni, richt mir der Vroni ihre Wochenration zusammen. Ich geh auf die Alm, nachschauen, ob alles in Ordnung ist.«

Bald darauf verließ der Bauer, eine Weidenkraxe auf dem Buckel, den Hof. Denn nun, da sein Entschluss einmal gefasst war, wollte er keinen Tag länger warten, um der Vroni seinen Antrag zu machen.

Wenn er mit ihr einig war, dann sollte es auch sein Sohn erfahren. Er und Rupert waren immer ein Herz und eine Seele gewesen, ein besseres Vater-Sohn-Verhältnis konnte man sich kaum vorstellen, darum brauchte er auch kaum zu befürchten, dass ihm sein Glück missgönnt wurde. Denn eines war klar: Ruperts Rechte sollten dadurch nicht beschnitten werden. Wenn es ein musste, würde er ihm den Hof auch übergeben und sich mit seiner jungen Frau in aller Beschaulichkeit ein paar schöne Jahre machen.

Er hatte sich alles genau zurechtgelegt, brauchte nur noch Vronis Ja zu seinem herbstlichen Glück. Von diesen rosigen Vorstellungen beflügelt, hastete der alternde Mann bergwärts, musste sich jedoch immer öfter eine Verschnaufpause gönnen und sich den Schweiß vom Gesicht abwischen. Als das Almkar sich vor dem Schneidhofer auftat, die Hütte vor ihm lag, lehnte er sich ziemlich erschöpft an einen Felsbrocken. Er wollte sich ausruhen und wieder zu Atem kommen, ehe er vor die Vroni hintrat.

Plötzlich aber sah er etwas, das ihm schier das Blut in den Adern gefrieren ließ, ihn schwindlig machte. Eng an einen Mann geschmiegt, kam die Vroni aus der Hütte. Und dieser junge Mensch, der dies Mädel nun auch noch umarmte, war kein anderer als sein Sohn, sein eigen Fleisch und Blut. Das war eine Wahrheit, die ihn bis ins Innerste traf.

Vroni hatte sich bereits entschieden. Für den Rupert. Und deswegen hatte sie ihn freundlicher behandelt, als man es gemeinhin von einer Magd erwarten durfte. Er war für sie nur Ruperts Vater gewesen.

Diese Erkenntnis ließ den späten Rausch, in den er sich verrannt hatte, verfliegen wie ein Gespinst aus Marienfäden. Sie ließ eine Spur Bitterkeit, vielleicht sogar Schmerz zurück, aber auch Erleichterung darüber, dass ihn der Zufall noch im letzten Augenblick vor einer unverzeihlichen Dummheit bewahrt hatte.

Ein tiefes Aufatmen hob seine Brust, als er leise sagte: »Keinem anderen hätt ich sie gegönnt! Doch so ist es sicher am besten.«

Doch hinaufgehen wollte er nicht. Das ersparte er sich heute lieber. Daheim konnte er ja sagen, dass ihm der Weg zu weit geworden war. Denn um ehrlich zu sein: Es war wieder da, dieses Stechen und Bohren in seinen Gelenken und ließ sich nicht länger verleugnen.

Um die Liebe betrogen

Breitbeinig, die Hände tief in den Hosentaschen vergraben, stand der Voglauer-Dominik, ein hoch gewachsener, gut aussehender Mittdreißiger, unter der Haustür seines Bauernhofes. Wie jedesmal, wenn sein Blick das Ropfen-Anwesen, einen unbedeutenden kleinen Hof, streifte, erschien auch jetzt in seinen blauen Augen ein eiskalter, berechnender Ausdruck. Er, der seit dem frühen Tod seiner Eltern, mit Fleiß und Geiz wirtschaftete, hätte das kleine Gehöft allzu gern seinem ohnehin ansehnlichen Besitz einverleibt.

Mit zähem Eigensinn hatte sich die alte Ropfen-Resl jedoch geweigert, an ihn zu verkaufen, hatte sich, obwohl sie ohne leibliche Erben war, bis zuletzt allein abgeschunden. Aber nun war sie tot. Und falls sie nicht so einfältig gewesen war, alles der Kirche zu vermachen, bestand berechtigte Aussicht für ihn, doch noch Herr auch dieses Winkels des Tals zu werden.

Es war heute ungewohnt still im Voglauerhof, denn Afra, die Haushälterin, die ein strenges und recht lautstarkes Regiment führte, war im Dorf beim Einkaufen. Die Dienstboten arbeiteten auf den Feldern, man begann gerade mit der Frühjahrsbestellung.

In der geräumigen Küche spielte ein sechsjähriges Mädchen selbstvergessen auf dem frisch gescheuerten Boden, während die Kathl, eine schon recht betagte Magd, am Herd stand und in einem Suppentopf rührte. »Tu jetzt zusammenräumen, Hannerl«, sagte die Magd. »Deine Mutter muss bald kommen.«

Der leise Singsang des Kindes brach abrupt ab und sofort begann es seine Murmeln in eine Schachtel zu räumen, die unter der Ofenbank verschwand. Das Hannerl war ein sehr mageres, blasses Mädchen, dessen feines goldblondes Haar zu zwei starrigen Zöpfen geflochten war, die wie Rattenschwänze von dem schmalen Köpfchen abstanden. Das Kleidchen war viel zu groß und zu weit. »Darf ich in der Stube den Tisch decken?«, fragte das Kind.

Gutmütig schmunzelnd antwortete die Kathl: »Aber bloß, wenn der Bauer nicht drin ist.«

Die Kleine nickte ernsthaft und huschte geschäftig in die angrenzende Stube.

Der Voglauer kam eben vom Gang herein und stieß unwirsch hervor: »Was hast denn du hier zu suchen?«

Mit schuldbewusster Miene antwortete Hannerl: »Ich habe bloß den Tisch decken wollen, Bauer.« Fluchtartig verließ das Mädchen den Raum.

Als sie wieder in die Küche kam, warf die Kathl nur einen wütenden Blick in Richtung der Stube, sagte jedoch kein Wort. Auf dem Voglauer-Hof sagte kaum einer, was er wirklich dachte.

Als kurz darauf die Haushälterin heimkam, schnaufend unter der Last ihrer schweren Taschen, hielt sich das Kind unauffällig abseits. Es fürchtete die Mutter, die immer kurz angebunden und abweisend war, mindestens ebenso wie den unfreundlichen Bauern.

Sie war eine auffallend attraktive Erscheinung, die zweiunddreißigjährige Afra, und sie wirkte in ihrem Auftreten, ihrer Kleidung gar nicht bäuerisch. Sie verstand es ihre gut proportionierte Figur zur Geltung zu bringen und machte kein Geheimnis aus ihren weiblichen Reizen. Das Gesicht wurde von grün gesprenkelten Augen beherrscht, das kupferfarbene Haar trug sie zu einer dicken Zopfkrone aufgesteckt. Ihre dunkle Stimme klang herrisch und befehlsgewohnt, als sie die um vieles ältere Kathl anraunzte: »Warum steht das Essen noch nicht auf dem Tisch? Die Leute kommen schon von der Arbeit herein.«

Geduldig antwortete die alte Magd: »Ja, ja, ich bin gleich so weit.« Man konnte ja nie wissen, ob die Afra es nicht doch noch fertig brachte, Voglauerin zu werden, und dann saß man am Ende auf seine alten Tage noch auf der Straße.

Auf den Bergrücken lag noch hoher Schnee, doch auf den südseitigen Hängen und auf den Feldern im Tal war der Schnee bereits getaut. Die bunt schillernden Stare waren zurückgekehrt, pfiffen und schwatzten, spreizten die Flügel.

Gackernd und kreischend stob die Hühnerschar auseinander, als der schwere Wagen des Voglauers über den Hof kam und mit quietschenden Bremsen anhielt.

Die verschlossene, vergrämte Miene des Bauern hätte die Afra warnen müssen, als er in die Stube stürmte und seinen Hut auf den Tisch knallte. Trotzdem erkundigte sie sich mit lebhaftem Interesse: »Na, hast was erreicht? Hat die Ropfen-Resl ein Testament hinterlassen?«

»Was geht's dich an!«, knurrte er ungnädig.

»Tu nicht, als ob ich eine Fremde für dich wär, schließlich …«

»Schließlich was?«, fuhr er sie scharf an.

Sofort lenkte sie ein: »Warum bist denn auf das Anwesen gar so erpicht?«, fragte sie. »Du hast doch genug Grund.«

Geringschätzig kam es zurück: »Was versteht schon eine wie du davon! Für einen Bauern gibt es nichts Zufriedenstellenderes, als wenn alles ihm gehört, so weit er schauen kann. Aber wo schau ich hin, hä? Haargenau und akkurat aufs Ropfengütl!«

Sie war zwar einiges vom ihm gewöhnt, doch nun fauchte sie wütend zurück: »Es wär gescheiter, du kriegst deinen Hals endlich voll, sorgst dafür, dass bei dir alles rechtens zugeht.«

Mit einem kalten Auflachen fiel er ihr ins Wort: »Daher weht wieder einmal der Wind! Merk dir eins, Afra: Ich heirate dich heute so wenig wie gestern oder morgen. Schlag dir das aus …«

»Schämst dich nicht, dein Kind so aufwachsen zu lassen?«, entfuhr es ihr unbeherrscht.

»Öha, langsam! Ich will ein Spitzbub sein, wenn der Balg von mir ist. Der Loisl ist der Vater.«

»Nicht wahr ist's!«, rief sie empört. Der Loisl ist tot und kann sich nimmer rechtfertigen. Mir wär es auch lieber, der Fratz wär nicht da, aber was wahr ist, muss wahr bleiben. »

»Dir geht es nicht ums Kind, du willst Bäuerin werden. Ich fall darauf nicht herein. Heute weniger als vorher.«

»Ein Arzt kann das sehr genau feststellen. Du brauchst dich bloß …«

»Fällt mir gar nicht ein. Du kannst es ja drauf ankommen lassen und vor Gericht gehen. Aber dann kannst gleich deinen Bankert und deine Sachen zusammenpacken und zusehen, wo du unterkommst.« Es war eine unverblümte Drohung. »Und wegen Urkundenfälschung bist auch dran, immerhin hast den Loisl als Vater angegeben, damals …«

Wütend und enttäuscht rannte Afra aus der Stube in die Küche. Dabei kam ihr unglücklicherweise das Hannerl in die Quere. »Herrgott, kannst du nicht aufpassen!«, schrie sie das erschrockene Kind an. »Was musst mir auch andauernd vor den Füßen herumstolpern, Lausdirndl?«

Das Dirndl war an derlei Töne gewohnt, trollte sich hastig und wortlos. Es hatte früh gelernt, niemandem im Weg zu sein.

Indessen stand der Voglauer-Dominik am Fenster, stieß die geballten Fäuste tief in die Hosentaschen und starrte finster hinüber zum Nachbaranwesen, das nur ein paar hundert Meter entfernt lag.

Wer hätte auch geahnt, dass es irgendwo in der Aiblinger Gegend einen Brudersohn des längst verstorbenen Ropfen-Matthias gab, dem die Resl ihren Hof vermacht hatte? Sonst hätte er sicher noch zu ihren Lebzeiten versucht, mit der alten, eigenbrötlerischen Frau einen Handel abzuschließen. Anstatt ihr jedoch das Anwesen mit Geld und guten Worten abzuluchsen, hatte er mit ihr gehadert und gestritten, bis es zu spät gewesen war.

Ihr Leben lang hatte die Burgl auf dem Ropfenhof gedient, und das hatte ihr die alte Bäuerin über den Tod hinaus nicht vergessen. Obgleich ihr das Heimatrecht auf Lebenszeit zugeschrieben war und man sie in Kost und Unterkunft behalten musste, wartete sie doch mit ängstlicher Spannung auf die neuen Hofbesitzer.

Sogar sie wusste nur wenig vom Ropfen-Pauli, dem die Bäuerin ihr mühsam zusammengehaltenes Hab und Gut vermacht hatte. Eben nur so viel, dass er ein Neffe der Ropfen war und draußen im Unterland lebte. Herzliche Beziehungen hatten zwischen der Verstorbenen und ihrem Erben nie bestanden, man war sich längst fremd geworden.

Da außer ihr keine Dienstboten mehr auf dem Hof waren, wartete die alte Burgl voller Ungeduld auf den neuen Dienstherrn. Die Felder mussten bestellt werden, sie selber konnte mit ihren sechzig Jahren kaum das Vieh notdürftig versorgen. Es musste bald etwas geschehen, wenn nicht alles verwahrlosen sollte.

Als die alte Magd dann den Einzug der neuen Besitzer miterlebte, wusste sie, was es geschlagen hatte und sie bangte um den gesicherten Lebensabend, der ihr zugesichert worden war.

Verwunderlich war das nicht, beim Anblick des mehr als bescheidenen Hausrats auf dem Kastenwagen, der von einem klapprigen Braunen gezogen wurde. Man fragte sich unwillkürlich, wie er den weiten Weg ins Gebirge hinein überhaupt durchgestanden hatte. Irgendwo zwischen der kunterbunten Ladung eingeklemmt saß die Klara, die kranke Frau des Ropfen-Pauli und verbiss sich bei dem Rumpeln und Rütteln nur mühsam die Schmerzen in den von Arthritis geplagten, geschwollenen Gliedern. Er hingegen, der glückliche Erbe, ein hagerer Mann, führte nicht ohne Stolz seinen müde dahinstolpernden Gaul, den weder anfeuernde Rufe noch Peitschengeknall zu einer schnelleren Gangart bewegen konnten.

Hinter dem hoch beladenen Wagen gingen ein junges, ungewöhnlich hübsches Mädchen, die einzige Tochter der Ropfischen, und ein breitschultriger Bursche mit dunkel gebräuntem Gesicht und übermütigen haselnussbraunen Augen. Doch sooft diese Augen an dem fein gedrechselten Figürchen, dem runden Grübchengesicht des Mädchens hängen blieben, wurden sie von einem ernsten, fast traurigen Ausdruck überschattet, auch wenn er weiterhin munter drauflos redete. Dem lustigen Sebastian – er hatte das letzte Jahr als Knecht beim Ropfen-Pauli gearbeitet, der seinen Pachthof mehr schlecht als recht bewirtschaftete – wurde es innerlich ganz elend, wenn er an den Abschied dachte, der immer näher rückte.

Er half nur beim Umzug, denn davon, dass er auch weiterhin bleiben konnte, war noch kein Wort geredet worden. Schließlich wusste keiner genau, was sie erwartete.

Wenn er doch nur den Mut aufgebracht hätte, ihr zu sagen, wie viel sie ihm bedeutete, wie gern er sie hatte! Doch seit die Margret über Nacht gewissermaßen zur Hoferbin geworden war, fehlte ihm dazu vollends der Mut.

Margret war mit ihren knapp zwanzig Jahren noch recht unerfahren. Für Burschen hatte sie nie viel Zeit gehabt, da sie aus Rücksicht auf die kränkelnde Mutter von frühester Jugend an hart zupacken musste.

Ihre Scheu, die von ihrer Unerfahrenheit herrührte, verlor sie nur dem Sebastian gegenüber, den sie von jeher gern mochte. Doch ernstlich hatte sie sich über das, was sie für ihn wirklich empfand, noch nie Gedanken gemacht. Nur, dass es ihr auch sehr Leid tat, dass man sich trennen musste. Verständlicherweise überwog im Augenblick bei ihr die Aufregung über die unverhoffte Erbschaft und die Erwartung, dass man es nun vielleicht auch einmal ein bissl besser und leichter haben würde als bisher.

Nachdem die kleine Gruppe ein Wäldchen durchquert hatte, sah man auf der Anhöhe plötzlich die beiden Gehöfte liegen.

»Jessas, ist das ein schöner Hof!«, entfuhr es Margret, während sie mit geradezu ehrfürchtigem Staunen zu dem etwas höher gelegenen Voglauerhof hinaufblickte.

»Öha, Margretl, da bist aber verkehrt dran«, berichtigte sie der Sebastian schmunzelnd. »Gleich so hoch geht's nicht hinaus!«

»Ach so, ja, freilich«, sagte sie enttäuscht und riss nur widerwillig den Blick von dem stattlichen Gehöft los.

Der Ropfen-Pauli hatte das Fuhrwerk angehalten und frage seine Frau: »Na, Klara, was sagst dazu?« Dabei warf er sich stolz in die magere Brust und schob sich den mürben, verwaschenen Filzhut ins Genick.

»Wenn wir nur endlich da wären«, kam es jammernd und greinend zurück. »Mir ist alles recht, wenn ich nur endlich ein Bett hab, wo ich ausruhen kann.« Die ständig von Schmerzen geplagte Frau stellte keine Ansprüche mehr ans Leben. Obgleich sie erst dreiundvierzig war, hatte sie bereits resigniert. Ihr war schon jetzt klar, dass es zu teuren Medikamenten und Kuren auch hier nicht reichen würde.

Zwei Tage lang beobachtete der Voglauer-Dominik das Treiben auf dem Nachbarhof, dann hielt er es nicht länger aus. Die Neugier drückte ihn gar zu sehr, er musste wissen wie seine Chancen standen.

Dass die neuen Besitzer arme Fretter waren, das hatte auch er bereits beim Einzug gesehen. Außerdem wusste er, dass ihnen die Ropfen-Resl keine bare Mark hinterlassen hatte. Deshalb blieb es abzuwarten, ob und wie sie zu hausen und zu wirtschaften verstanden.

»Wo willst denn hin?«, fragte Afra, als Dominik den Hut aufsetzte.

»Nachschauen wie's unserer windigen Nachbarschaft geht.«

»Kann ich mitgehen …?«

»Du bleibst da! Möcht wissen, was dich das alles angeht!«, stieß er abweisend hervor.

Manchmal fragte sich Afra, warum sie alles ertrug, warum sie sich nicht woanders ein Auskommen suchte. Doch wohin sollte sie mit dem Kind? Ohne das Hannerl hätte sich gewiss noch eine Gelegenheit zu einer respektablen Heirat ergeben. Nur das Kind war an allem schuld. Es hing ihr wie ein schwerer Klotz am Bein.

Der Voglauer schlenderte indessen über die Wiesen, die sich mit einem ersten grünen Schleier überzogen, und ging direkt auf das Anwesen zu, das ihm ein ständiger Dorn im Auge war.

Der Ropfen-Pauli werkelte vor dem Schuppen herum, als er den Besucher über den Hof kommen sah. Er war nicht gerade bester Laune, weil er inzwischen festgestellt hatte, dass so ziemlich alles, was an Arbeitsgerät vorhanden war, repariert werden musste.

Dominiks geradezu herzliche Freundlichkeit klang überzeugend, als er sich vorstellte, den neuen Nachbarn begrüßte und ihm zu seiner Erbschaft gratulierte. »Kommst mit allem zurecht?«

Der Pauli wischte sich mit dem Handrücken den Schweiß von der Stirn und sagte dann mit einem tiefen Aufatmen: »O mei, da ist vieles im Argen. Da bräucht man halt Geld, um was Neues zu kaufen.

Mit dem alten Zeug ist ein schlechtes Weiterwerken.«

»Die alte Ropfen-Resl hat halt viel verkommen lassen«, räumte der Voglauer ein. »Ich, an deiner Stelle, tät mich deswegen nicht lang herumplagen, ich würde halt ein bisschen verkaufen. Dann tust dich gleich leichter.«

»Nein, nein«, wehrte der Pauli ganz bestürzt ab, »ich kann doch nicht gleich damit anfangen. Ich brauche die Felder …«

»Versteht sich«, fiel ihm der Dominik ernsthaft ins Wort, »auch wenn die Felder nimmer viel taugen. Aber wie wäre es denn mit dem Waldstück? Freilich, viel ist es noch nicht wert, ist ja kaum zwanzig Jahre alt. Aber ich würde dir ein Angebot machen, weil es mitten in meinem Holz liegt. Glaub mir, es ist gleich ein anderes Wirtschaften, wenn man ein bissl flüssig ist.«

Nach kurzem Zögern gab der Pauli zu: »Na ja, darüber könnten wir schon einmal reden, Nachbar, aber ich will nichts übers Knie brechen.«

In diesem Augenblick trat die Margret aus dem Haus. Beim Anblick dieses Mädchens mit dem dunklen Haar und den leuchtend blauen Augen, vergaß der Voglauer seinen Handel. »Ist das deine Tochter?«

Eine Antwort erübrigte sich, denn Margret fragte: »Vater, soll ich jetzt ins Dorf hinunter zum Einkaufen?«

Der Pauli wusste, was sich einem so noblen Nachbarn gegenüber gehörte und stellte seine Tochter nicht ohne Stolz vor. Dominik war von dem jungen Mädchen fasziniert, doch auch Margret zeigte sich deutlich beeindruckt von dem gut aussehenden Mann, dem Besitzer dieses prachtvollen Hofes.

Als er sie dann auch noch zuvorkommend fragte, ob sie mit ihm ins Dorf fahren wolle, da auch er einiges zu erledigen habe, verschlug es ihr fast den Atem und sie wurde leicht verlegen.

»Da kannst ruhig mitfahren, wenn der Nachbar schon so freundlich ist«, kam es aufmunternd von ihrem Vater. Fast entschuldigend wandte er sich an Dominik, als er hinzufügte: »Weißt, Voglauer, sie ist ein bissl schüchtern und weltfremd, weil sie aus unserm Dorf nie fortgekommen ist.«

»Macht nichts«, antwortete Dominik. »Mir ist ein ruhiges Mädel lieber als eines, das ununterbrochen redet. – Also dann, Margret, ich hol dich in ein paar Minuten ab.«

Als die Ropfentochter gleich darauf in die kleine, verräucherte Küche stürmte, stieß sie aufgeregt hervor: »Burgl, ich brauch das alte Fahrrad gar nicht, der Voglauer nimmt mich mit ins Dorf. Ist das nicht ein netter Mansch? Und so stattlich und so fesch. Halt ein richtiger Mann.«

Die alte Burgl hätte dazu einiges zu sagen gehabt, schwieg jedoch lieber.

Viel rascher als er gekommen war, trabte Dominik zurück zu seinem Hof und dabei wich das Schmunzeln nicht mehr aus seinem Gesicht. Ihm eröffneten sich da plötzlich ganz neue und sehr reizvolle Aussichten. Mit einem Mädchen, das so schön war, konnte auch der Voglauer Staat machen.

Noch nie war Margret so rücksichtsvoll und höflich behandelt worden, niemand hatte sich bisher so fürsorglich ihrer angenommen wie der Voglauer-Dominik. Es geschah ganz zwangsläufig, dass ihre anfängliche Bewunderung sehr rasch in schwärmerische Begeisterung für ihn umschlug.

Doch auch der Ropfen-Pauli, der mit seinem schlichten, gradlinigen Charakter den Nachbarn nicht durchschaute, freute sich und war stolz auf die Aufmerksamkeit, die ihm ein so wohlhabender Mann zukommen ließ. Er lobte den Voglauer, als er seiner Frau erklärte, dass er sich zum Verkauf des Waldstücks entschlossen habe, für das ihm der reiche Bauer einen anständigen Preis zahlen wolle. Er versäumte es auch nicht die guten Ratschläge zu wiederholen, die er von ihm erhalten hatte. »Und Recht hat er, weil man mit dem alten Zeug nicht vorwärts kommt.«

Darin musste ihm auch der Sebastian beipflichten, doch Margrets Begeisterung gefiel ihm überhaupt nicht. Er war eifersüchtig auf diesen Menschen, der so viele Vorzüge besaß, dass er selber sich im Vergleich wie ein Nichts vorkam und sein geringes Selbstvertrauen vollends verlor.

Er wusste nicht einmal, ob er darüber glücklich sein sollte, als der Bauer ihm nun doch vorschlug zu bleiben. War es nicht besser, er ging, um nicht mit ansehen zu müssen, wie Margret sich mit dem anderen einließ – gegen den hatte er ja nicht die geringsten Chancen! Aber er blieb und er schwieg weiterhin, denn am meisten füchtete er, am Ende auch noch ausgelacht zu werden.

Der Voglauer-Dominik fand viele Gründe, um auf dem Nachbarhof vorzusprechen. Einmal war da der Verkauf des Waldstücks, der eingehend besprochen werden musste, ein andermal wusste er einen Ratschlag für den Pauli, auch wenn er ihn insgeheim für einen einfältigen Kleinbauern, einen Fretter hielt, der es nie zu etwas bringen würde. Doch immer und bei allem was er tat, hatte er die Margret im Auge.

Es dauerte nicht lange, da war Afras Argwohn geweckt. Sie war nicht der Mensch, der seine Gedanken lange verschwieg und so sagte sie Dominik auf den Kopf zu: »Ich fress einen Besen, wenn du von diesem Nachbarn nicht mehr willst als bloß das Holz.«

»Und wenn es so wäre, dann ist es auch meine Sache.«

Einen Augenblick sah sie ihn betroffen an, ehe sie mit jäh auflodernder Eifersucht hervorstieß: »Du gibst es also zu, dass du hinter diesem jungen Dirndl her bist?! Sie ist doch viel zu jung!«

»Zu jung ist eine nie, zu alt bald«, unterbrach er sie eisig.

Afra hatte Mühe, ihre Fassung nicht völlig zu verlieren, als sie unsicher einwandte: »Seit wann interessierst du dich für ein Mädchen, das hinten und vorn nichts hat?«

Gelassen zündete sich Dominik seine Pfeife an, ehe er gedehnt erwiderte: »Na, das möchte ich jetzt wieder nicht behaupten. Sie ist immerhin die einzige Tochter und bringt mir genau das ein, was ich ...«

»Du glaubst doch nicht, dass ich da so einfach zuschaue?«, fiel sie ihm mit zornsprühenden Augen ins Wort. »Das hab ich wirklich nicht verdient.«

»Du kannst ja gehen, wenn es dir nicht passt. Ich hab dir nie was vorgemacht, hab dir nie was versprochen. Du hast immer gewusst, dass es einmal so kommen wird. Ich will eine Bäuerin und Kinder.«

»Du hast ein Kind und das werde ich laut herausschreien!«

»Das wirst du bleiben lassen, wenn du auch weiterhin ein schönes Leben haben willst. Überleg es dir, Afra! Du kannst bleiben, solange du deinen Platz kennst. Aber nur ein ungutes Wort und wir sind geschiedene Leute!«

So verletzend diese Demütigung auch war, entsprach das Gesagte doch ganz ihrer Art jeden Vorteil auszunutzen. Von ihrem Stolz allein konnte sie nicht leben, also schluckte sie ihn hinunter, anstatt die vielen Annehmlichkeiten, die sie hier genoss, aufs Spiel zu setzen. Es wird nichts so heiß gegessen, wie es gekocht wird, dachte sie. Wer weiß, wie sich alles einmal drehen und wenden wird? Nein, so schnell gab die Afra nicht auf. Nicht nach all den Jahren!

Es war ein Versuch, ihr Gesicht zu wahren, als sie schließlich sagte: »Ich verstehe, Dominik, es ist nur wegen dem Ropfen-Anwesen. Wenn ich wüsste, dass du sie auch gern …«

Ungeduldig fiel er ihr ins Wort: »Ich will jetzt nichts mehr davon hören! Und es ist ja noch lange nichts entschieden.« Abschließend, fügte er mit scharfem, warnendem Unterton hinzu: »Nur, dass du es weißt, ich lasse mir von dir keine Vorschriften machen!«

In diesem Augenblick hasste sie ihn bis aufs Blut, doch sie hatte begriffen, dass sie entweder gehen oder sich ducken musste.

Afra wählte den Weg des geringsten Widerstands, schwor sich jedoch, es ihm heimzuzahlen. Irgendwann würde er für alles büßen müssen, was er ihr angetan hatte. An ihr Kind dachte sie bei diesen Überlegungen überhaupt nicht.

Nach einem verregneten Ostersonntag – ab und zu hatte sogar kurzes Schneegestöber eingesetzt – herrschte am Ostermontag strahlender Sonnenschein, wölbte sich der tiefblaue Föhnhimmel wie eine gläserne Glocke über die von gleißendem Firn bedeckten Gipfel.

»Ich wette, es dauert nimmer lang, bis er um sie anhält«, sagte der Ropfen-Pauli zu seiner Frau, die neben ihm auf der Hausbank saß, während er dem Paar nachschaute, das zum Voglauerhof hinüberging.

Sich den Mantelkragen fester ziehend, wandte Klara unsicher ein: »Sie ist noch so jung, außerdem kennen sie sich kaum. Ich weiß gar nicht, ob mir das jetzt schon recht wäre …«

Beinahe empört fiel er ihr ins Wort: »Als ob man bei so einer Mordspartie nicht sofort ja sagen müsste. Besser könnte sie es doch gar nie kriegen, da zögert man nicht lange.«

»Na ja, schon«, räumte sie ein, »aber er ist halt doch fünfzehn Jahre älter und sie ist noch ein rechtes Kind.«

»Ach was, du warst auch nicht älter, als wir geheiratet haben. Sie erwartet doch der Himmel auf Erden auf so einem noblen Hof.«

Wie nobel und gediegen hier alles war, sah Margret gleich darauf selber. Es machte sie beinahe verlegen, als Dominik sie durch das Haus führte. Er versuchte sie offensichtlich zu beeindrucken und darum passte es ihm wenig, als sie das Hannerl erspähte, das scheu an einen Türrahmen gedrückt dastand und mit kindlicher Neugier die Fremde betrachtete. »Jessas, ist das ein liebes Dirndl«, sagte Margret und ging unbefangen auf das Kind zu. »Wie heißt denn?«

»Das ist bloß der Balg von unserer Haushälterin, der Afra«, stieß Dominik mit schlecht verhohlenem Ärger hervor. »Sie könnt sich auch ein bissl mehr um ihren Bankert kümmern, dass man nicht andauernd drüber stolpert.«

Überrascht sah Margret ihn an. »Magst du keine Kinder?«

Er konnte sich die Antwort schenken, denn eine zornige Frauenstimme rief nach dem Hannerl, das wieselflink diesem Ruf folgte. Gleich darauf hörte man zeterndes Geschelte.

»Ist das eure Haushälterin?«, fragte Margret beklommen.

»Denk dir nichts, sie hat halt ein bissl eine grobe Art«, erwiderte er mit einem gezwungenen Lachen.

»Wer ist denn der Vater von dem Mädel?«, wollte Margret arglos wissen.

»Loisl hat er geheißen. Er war bei uns Knecht und ist bei der Holzarbeit verunglückt. Ist denn das so wichtig? Was kümmern uns fremder Leute Kinder!«

Obleich Margret diese kalte Lieblosigkeit missfiel, mit der er von dem Kind sprach, dachte sie bald nicht mehr daran. Es gab zu vieles, was sie schnell wieder davon ablenkte.

Etwas später dann lernte sie auch die Haushälterin kennen, deren scharfe Stimme sie bereits gehört hatte, als Afra den Kaffee in die Stube brachte. Sehr freundlich schien sie zwar nicht zu sein, aber auch darüber dachte Margret nicht weiter nach.

Als sie allein in der Stube waren, legte Dominik plötzlich den Arm um Margrets Schultern, zog sie mit sanftem Nachdruck an sich und überrumpelte sie sofort mit der entscheidenden Frage: »Margret willst mich heiraten? Ich hab dich gern, möcht dich allweil bei mir haben. Ich bitt dich, sag ja! Du sollst es nie bereuen.«

Ihr Herz klopfte bis zum Hals hinauf. Zu viel stürmte auf einmal auf sie ein – Freude, Glück, aber auch Verwirrung und Angst.

»Weißt, ich bin keiner, der sich lang hinhalten lässt«, setzte er drängend hinzu. »Ich will wissen, woran ich bin.«

In ihrer Verwirrung brachte sie nur ein unsicheres »Ja, Dominik« heraus. Sie wusste, sie hätte ihm nun erwidern müssen, dass auch sie ihn gern hatte, aber sie brachte es nicht über die Lippen.

»Willst meine Frau werden, Margret?«

»Ja, Dominik.«

Als er sie küsste, tat er es behutsam und zurückhaltend. Doch dann sagte er mit rauer, ein wenig belegt klingender Stimme: »Ich will keine lange Verlobungszeit, Margret. Lass uns so bald wie möglich heiraten.«

Alles ging so schnell, dass Margret kaum Zeit zum Nachdenken blieb. Sie hatte das Gefühl auf einem Karussell zu sitzen, von dem sie nicht mehr abspringen konnte. Das Aufgebot war bestellt, all die vielen Vorbereitungen mussten erledigt werden. Es wurde eingekauft und eingekauft. Geld schien keine Rolle mehr zu spielen.

Der Ropfen-Pauli wollte sich nicht lumpen, sich das große Glück seiner Tochter etwas kosten lassen. Mit einem Schwiegersohn wie dem Voglauer konnte nichts mehr passieren, der würde schon einspringen, wenn es wirklich einmal notwendig sein sollte.

Schweigend musste der Sebastian alles mit ansehen, musste dulden, wie sich das Mädel, das er liebte, in etwa hineinhetzen ließ, das es gar nicht überschauen konnte. Doch ihm stand es nicht zu, sich einzumischen; er konnte nur hoffen, dass sie glücklich wurde.

Margret wollte den schmerzlichen Vorwurf in Sebastians Blicken nicht wahrhaben, sie wollte auch nicht darüber nachdenken und Zweifel erst gar nicht aufkommen lassen. Nichts als Freundschaft hatte sie mit ihm verbunden. Wenn er mehr erhoffte, war das nicht ihre Schuld. Zudem hätten ihre Eltern einer Heirat mit ihm wohl ohnehin kaum zugestimmt, wie sie sich einredete.

Dominik entschied sich für eine – wie er sich ausdrückte – vornehmere stille Hochzeit in einer Wallfahrtskirche. Der Grund dafür war wohl die für ihn etwas beschämende Tatsache, dass seine Braut mit keiner besonders imponierenden Verwandtschaft aufwarten konnte. Im Dorf zerriss man sich über seinen Entschluss ohnehin die Mäuler, da er keine der hiesigen Hoftöchter zur Voglauerin machte. Den Gefallen, dass man sich bei der Hochzeit auch noch auf seine Kosten die Schnäbel wetzen konnte, wollte er niemandem erweisen.

Margrets Eltern war Dominiks Entschluss recht und sie selbst wurde nicht ausdrücklich gefragt. Sie hätte diesen Tag, den schönsten in ihrem Leben, gern so gefeiert wie es der Brauch war, ließ sich jedoch ihre Enttäuschung, als anders entschieden wurde, nicht anmerken.

Mit weit geöffneten Augen lag Margret da und blickte unverwandt auf das Fensterviereck, in dem sich fahles Mondlicht spiegelte. Neben sich hörte sich die tiefen Atemzüge ihres schlafenden Mannes.

Nun also war sie Voglauerin mit allen Rechten und Pflichten und doch war sie nicht so glücklich, wie sie es sich vorgestellt hatte. Etwas fehlte. Es war, als habe man sie um etwas betrogen. Sie versuchte sich ihre Illusionen wieder zusammenzuflicken, hoffte, es würde sich schon noch einstellen, das Gefühl der Geborgenheit und der zärtlichen Zuwendung des Menschen, den man liebte.

Sie musste wieder an den Vorfall denken, der Dominik so wütend gemacht hatte, auch wenn er versuchte, es sich nicht anmerken zu lassen. Es war fast Mitternacht gewesen, als sie heimkamen, von den Dienstboten erwartet, die auf Anordnung ihres Bauern tagsüber kräftig gefeiert hatten. Sie wurden mit Hochrufen und Glückwünschen begrüßt, worüber sich Dominik sichtlich gefreut hatte. Bis zu jenem entscheidenden Augenblick, in dem er sich so jäh veränderte, dass Margret glaubte, einen Fremden vor sich zu haben.

Sein eben noch lachendes, von Alkohol etwas erhitztes Gesicht gefror zur steinernen Maske, als das Hannerl, torkelnd vor Schlaftrunkenheit, mit einem verwelkten Blumensträußl in der kleinen Hand auf sie zugestolpert kam und seinen Glückwunsch herunterhaspelte.

Auch Margret war unangenehm berührt, auch ihr tat die Kleine Leid, die gewaltsam aus dem Schlaf gerissen worden war, doch am wenigsten freute sich ihr Mann darüber. Mit einem mühsam beherrschten »Schon gut, geh wieder schlafen!« entriss er der kleinen Faust das Sträußchen und schob das Kind mit einem wütenden Blick seiner Mutter zu. Es war aus und vorbei mit seiner ausgelassenen Stimmung. Gleich darauf zog er sich mit Margret zurück, ließ die Angestellten einfach stehen, die auf ihre Heimkehr gewartet und sich darauf gefreut hatten, noch mit ihnen anzustoßen.

In ihrer Ahnungslosigkeit hatte Margret versucht, ihren Mann zu beschwichtigen. Es war nicht gelungen. Sie bekam es durch seine Lieblosigkeit zu spüren. Er schien plötzlich ein anderer zu sein, nicht mehr jener Dominik, der sie so rücksichtsvoll umworben hatte.

Als sie die Augen schloss, um endlich Schlaf zu finden, rollten Tränen über ihre Wangen und versickerten in dem Kissen. Dass sie nachts weinte, sollte noch oft passieren.

Als Dominik erwachte, blendete ihn die Sonne und in seinem Kopf stach und dröhnte es. Rasch schloss er die Augen, tastete nach seiner Frau, doch das Bett neben ihm war leer. Mit seiner jäh aufschießenden Wut stieg auch Verlegenheit in ihm auf. Er erinnerte sich, dass er in der Hochzeitsnacht nicht sehr rücksichtsvoll zu ihr gewesen war. Doch das war kein Grund, ihn so einfach allein liegen zu lassen. Denn auch er hätte einiges zu dieser Nacht sagen können. Nichts war bei ihr von der erwarteten Glut zu spüren gewesen, sie hatte ihn tief enttäuscht. Doch dann tröstete er sich damit, dass es schon noch werden würde. Er hatte schließlich Erfahrung genug.

Als der Voglauer in der Stube erschien, deckte Afra den Tisch. Anstatt ihr jedoch Vorwürfe über den Vorfall am vergangenen Abend zu machen, fragte er nur unwirsch: »Wo ist die Bäuerin?«

Ein boshaftes Lächeln erschien auf ihren Lippen, als sie anzüglich fragte: »Dein Täubchen wird dir doch nicht schon wieder davongeflo …«

»Schau, wo sie ist! Schick sie her!«

Während Afra sich auf die Suche machte, dachte sie mit Genugtuung: Da stimmt doch was nicht. Entweder war sie nicht so, wie er erwartet hatte, oder aber sie ist ihm zu brav gewesen. Ich kenne ihn doch!

Sie fand Margret vor dem Haus. »Bäuerin, du sollst auf der Stelle zum Bauern in die Stube kommen!« Zufrieden bemerkte sie das erschrockene Zusammenzucken der jungen Frau.

Margrets Sorge war jedoch unbegründet. Als sie die Stube betrat, saß ihr Mann am Frühstückstisch und fragte schmunzelnd: »Warum hast mich denn allein gelassen?«

Ihr fiel ein Stein vom Herzen, das war wieder der Dominik von früher. »Ich wollte dich nicht wecken. Außerdem hab ich nachsehen wollen, ob schon wieder alles aufgeräumt ist von gestern.«

Er zog sie in die Arme und sagte mit einem viel sagenden Augenzwinkern: »Ich brauch doch keine Frau zur Arbeit.«

Obgleich er spürte, wie sie sich leicht gegen ihn stemmte und sah wie sie errötete, fragte er: »Na, wie wär's mit einem Kuss?« Als sie ihm nur die Wange hinhielt, fügte er hinzu: »Was soll denn das heißen? Du, wir sind jetzt verheiratet.«

Sie saßen noch beim Frühstück, als sich die Tür öffnete und das Hannerl hereinlugte, das sofort vom Bauern angeraunzt wurde: »Was willst denn du da?«

Durch den Türspalt kam es zurück: »Die Mutter lässt fragen, ob sie schon abräumen kann?«

»Sie soll gefälligst selber nachschauen!«

»Komm herein, Hannerl«, forderte nun Margret das Kind auf. »Ja, komm nur, und setz dich ein bissl her zu mir.«

»Du, mir ist das gar nicht recht«, wandte Dominik mit leisem Vorwurf ein.

»So lass sie doch«, begütigte Margret hastig und winkte das Hannerl zu sich her, das nur zögernd näher trat. »Magst ein bissl herkommen?«, fragte sie, den missbilligenden Blick ihres Mannes geflissentlich übersehend.

»Ja, Bäuerin, vergelts's Gott!«, erwiderte die Kleine schüchtern und setzte sich an den Tisch, drückte sich dabei jedoch etwas ängstlich an Margret.

Dominiks Gesicht verschwand hinter einer dichten Wolke aus Pfeifenrauch. Heute war kein Tag für Auseinandersetzungen.

»Jessas, was tut denn sie hier?«, entfuhr es Afra, als sie zur Tür hereinkam und ihre Tochter erblickte.

Die junge Voglauerin machte es an diesem Morgen ihrem Mann tatsächlich ziemlich schwer, die Fassung zu bewahren, als sie jetzt erwiderte: »Mir kommt das Hannerl arg blass und viel zu dünn vor. Sie gehört ein bissl aufgepäppelt, sonst bläst sie der geringste Luftzug um. Darum wird sie ab jetzt mit uns essen, damit ich seh, ob sie auch richtig zulangt.«

Während Dominik zu husten begann, stieß die Afra gereizt hervor: »Mir scheint es nicht richtig, dass um ein Dienstbotenkind so viel Aufhebens gemacht wird. Da wird sie bloß verzogen und bildet sich am Ende noch ein, dass sie was Besseres ist.«

»Kinder sind alle gleich. Eins wie das andere ist dankbar für ein bissl Zuwendung.« Margret sagte das mit so großer Entschiedenheit, dass niemand ihr widersprach. Dabei war sie über ihr entschlossenes Eintreten für das Kind selber am meisten überrascht.

Afra verhielt sich abwartend. Sie wurde aus Margret nicht recht schlau. Es dauerte aber gar nicht lange, bis sie feststellen konnte, dass es mit dem jungen Glück der Voglauerischen nicht sehr weit her war. Dominik machte aus seiner Unzufriedenheit bald schon kein Hehl mehr und gewöhnte sich seiner Frau gegenüber einen Ton an, der nicht anders als ruppig zu bezeichnen war, wodurch Margret immer verschreckter und verschlossener wurde.

Allmählich musste sie einsehen, dass sie einen Mann geheiratet hatte, den sie nicht kannte, über den sie so gut wie nichts gewusst hatte und den sie nun zu fürchten begann.

Sie setzte alle Hoffnung auf ein Kind, das sie sicherlich zusammenführen, fester aneinanderbinden würde. Inzwischen machte Hannerl ihr viel Freude. Sie ließ sie die Lieblosigkeit ihres Mannes vergessen. Dieses Kind mochte sie nicht mehr missen, es wuchs ihr immer stärker ans Herz. Seinetwegen schluckte sie oft Afras Unverschämtheiten schweigend hinunter. Beklagte sie sich bei ihrem

Mann über das anmaßende Wesen der Haushälterin, redete er sich darauf hinaus: »Ich mische mich nicht in die Angelegenheiten von euch Weiberleut.«

Margret fiel immer noch nicht auf, dass Afra Vergünstigungen genoss, die weit über diejenigen einer gewöhnlichen Haushälterin hinausgingen. Sie wurde erst hellhörig, als Hannerl eines Tages bei Tisch mit naiver Unschuld sagte: »Gelt, jetzt darf die Mutter nimmer mit dem Bauern allein essen, wie vordem allweil?«

Margret blickte in das ausdruckslose Gesicht ihres Mannes und fragte: »Was will sie denn damit sagen, Dominik?«

Plötzlich warf er den Löffel auf den Tisch und stieß zornig hervor: »Allweil dieses Geplapper beim Essen macht mich noch wahnsinnig! Was verzärtelst denn andauernd diesen Balg, anstatt dass du selber ...« Ein Blick in ihre Augen, die sich mit Tränen füllten, ließ ihn verstummen. Etwas betreten fügte er hinzu: »Freilich hat die Afra mit mir gegessen. Oder hätt ich mich ganz allein da hereinhocken sollen?« Damit verließ er die Stube und warf laut die Tür laut ins Schloss.

Margret versuchte sich gegen den Verdacht zu wehren, der ihr gekommen war. Sie versuchte, ihn von sich zu schieben. Doch er war da, umgab, bedrängte sie wie eine giftige Wolke, die ihr das Atmen schwer machte. Je länger sie darüber nachdachte, um so mehr verdichtete sich in ihr die Vermutung, dass Afra für den Dominik mehr als nur Haushälterin gewesen sein musste. Vielleicht sogar immer noch war.

Als ihr Blick auf das Kind fiel, wollte sich ihr schier das Herz umdrehen. War das Hannerl Dominiks Tochter? Was für ein Mensch musste er aber sein, wenn er sein eigenes Kind so gefühllos behandeln konnte?

Plötzlich nahm sie das Hannerl in die Arme und presste es mit einem unterdrückten Aufschluchzen an sich. Waren sie nicht beide Betrogene?

»Was hast denn, Bäuerin?«, fragte das Kind ängstlich und verstört.

»Nichts, Hannerl! Gar nichts«, erwiderte sie mit brüchiger Stimme und dabei war ihr sterbenselend zumute.

Sollte sie mit Dominik reden, ihm alles auf den Kopf zusagen? Sie kannte ihn inzwischen zu gut und wusste, dass er nur grob werden und sie den Kürzeren ziehen würde.

Plötzlich stand sie auf und verließ ebenfalls die Stube. Sie brauchte jemanden, mit dem sie sprechen konnte, wollte sie an ihrem Unglück nicht ersticken. Nie hatte sie sich so hilflos und ausgeliefert gefühlt. Wie konnte man mit einem Menschen weiterleben, den man verachtete und dem man misstraute?

Sebastian saß allein in der kleinen Küche und löffelte einen Teller aufgewärmte Suppe. Er erschrak nicht wenig, als die Tür aufgestoßen wurde und die junge Voglauerin vor ihm stand.

»Jessas, was ist denn …?«

»Wo ist die Mutter? Ich brauch die Mutter!«, stieß Margret hervor.

»Ist was passiert? Deine Mutter ist nicht da, sie ist mit dem Bauern zum Doktor gefahren«, sagte er unsicher, während ihn ein heißer Schreck durchfuhr. War das noch die Margret, die er gekannt hatte?

Plötzlich begann sie haltlos zu weinen. »Ich geh da nimmer hinauf! Nie mehr«, rief sie leidenschaftlich und ballte die Hände zu Fäusten.

»Aber was ist denn geschehen?« Er legte die Arme um sie und zog sie an sich.

»Ich kann es nicht sagen«, brachte sie stockend heraus. »Aber ich will nie mehr zurück, Sebastian!« Es tat so gut sich in seinen Armen auszuweinen.

Er hielt sie sanft an sich gepresst, wartete, bis sie sich etwas beruhigt hatte und gestand dann: »Margret, du bist mir noch allweil das Liebste auf der Welt, und wenn du willst, geh ich auf der Stelle mit dir, wohin du willst. Aber eines muss ich dir sagen: Es geht nicht mehr um dich allein. Du würdest deine Leute ins Unglück bringen.«

»Den Vater und die Mutter?«, fragte sie unsicher und sah ihn aus verweinten Augen an.

Sebastian nickte nur und führte sie zu einem Stuhl. »Ich weiß nur so viel, dass der Voglauer deinen Vater in der Hand hat«, erklärte er. »Er ist hoch bei ihm verschuldet. Alles hat viel Geld gekostet, deine Aussteuer, etliche neue Maschinen und was sonst noch alles instandzusetzen war. Freilich ...« Hier stockte er etwas. »Ich fürchte, dein Vater hat zu schnell und zu unüberlegt von ihm genommen. Aber ich glaub, ich muss dir das sagen – Margret, dass dein Mann nicht mehr lange mit sich reden lässt, wenn du nicht bei ihm bleibst. Dein Vater müsste noch einmal von vorn anfangen, deiner Mutter geht es nicht gut …«

»Ja, ich verstehe«, sagte sie mit müde und resigniert klingender Stimme. »Ich bin froh, Sebastian, dass du mir das gesagt hast. Auch das andere, vorhin!« Ihr Kinn sank immer tiefer auf die Brust, als sie fortfuhr: »So einen Fehler kann man halt nicht mehr gut machen.« Langsam, fast schwerfällig löste sie sich aus seinen Armen. »Meine Leute können nichts dafür. Sie brauchen auch nichts davon zu erfahren, dass ich dagewesen bin. Es wird schon wieder weitergehen, es geht ja allweil irgendwie weiter. Behüt Gott, Sebastian, und nichts für ungut!«

Er musste sich beherrschen, um sie nicht an sich zu reißen. Doch sie war mit einem anderen verheiratet. Aus seinen Augen blickte Margret alle Liebe der Welt entgegen, die Zärtlichkeit, die sie vermisste, doch sie durfte nicht mehr hier bleiben, sie musste gehen. Sie gehörte nicht mehr hierher. Schweren Herzens machte sie sich wieder auf den Heimweg. Sie war totunglücklich.

Wenn Dominik schon die Stirn hatte, Afra weiterhin auf dem Hof zu behalten, so war Margret nun nicht mehr bereit, sich die Unbotmäßigkeiten der Haushälterin gefallen zu lassen. Mit aller Entschlossenheit bestand sie darauf, das Regiment über Küche und Haus nun selber zu führen. Was brauchte man eine Haushälterin, wenn eine Bäuerin da war?

Obgleich Afra vor Wut schäumte, konnte und wollte ihr Dominik nicht beistehen. In dieser Hinsicht zog sie den Kürzeren, doch dafür hielt sie sich auf andere Art schadlos. Der Bauer hatte seine Vorliebe für sie wiederentdeckt.

Doch nicht einmal der Voglauer wollte es sich leisten, sich als verheirateter Mann vor seinen Dienstboten eine Blöße zu geben. Nur ungern verzichtete Afra auf die Genugtuung, allen zu beweisen, dass es letzlich doch sie war, der der Bauer den Vorzug gab.

So niederträchtig es auch war und obwohl Margret merkte, dass Dominik sein Verhältnis zu Afra wieder aufgenommen hatte, konnte sie sich doch nicht dagegen wehren. Ihr bleib nichts anderes übrig, als die Augen zu verschließen, halbwegs gute Miene zum bösen Spiel zu machen. Dass die Kluft zwischen ihr und ihrem Mann dadurch immer breiter und tiefer wurde, war nicht verwunderlich.

Es war Winter geworden, als auch der Voglauer-Dominik erfahren musste, dass man sich nicht folgenlos über Recht und Ordnung hinwegsetzen durfte. Das Wasser stand ihm plötzlich bis zum Hals, als Afra ihm gestand: »Ich bin schwanger.« Nein, das konnte auch er sich nicht leisten, auch er durfte die Leute nicht für dümmer verkaufen als sie waren. Und diesmal würde man nicht mehr schweigend darüber hinwegsehen. Er war verheiratet.

Bei aller Kaltschnäuzigkeit wusste auch Afra, was das für sie selber bedeutete. Zwei uneheliche Kinder, deren Vater keiner kannte, waren zu viel.

»Ich will dieses Kind nicht haben! Lieber bring ich mich um!«, drohte sie.

Er war froh, dass der Vorschlag von ihr kam glaubte aber trotzdem einwenden zu müssen: »Du, so was ist nicht ungefährlich, Afra.«

Sie wusste, wie wenig ernst es ihm mit dem Einwand war und sagte ohne darauf einzugehen: »Ich hab gehört, die Wurzen-Lies droben in Lahnberg versteht sich darauf. Du musst mich zu ihr bringen.«

»Ich? Bist du närrisch! Nein, das geht nicht ...«

»Du kannst mich jetzt nicht im Stich lassen, schließlich ist es nicht allein meine Schuld«, sagte sie heftig.

»Wie soll ich denn der Margret erklären, warum wir miteinander fortfahren? Wenn du Geld brauchst ...«

»Entweder du fährst mich hin oder du hockst grad so drin im Schlamassel wie ich«, drohte sie ihm unverblümt. »Jetzt bist einmal du an der Reihe, dass du dir was einfallen lassen musst!«

Kein Wunder, dass er ganz schön ins Schwitzen kam vor Angst, dass etwas herauskam. Ganz zu schweigen von der Furcht vor dem Vorhaben selbst und seinen möglichen Folgen. Aber auch er sah keinen anderen Ausweg.

Er begann fieberhaft zu überlegen. Nach Lahnberg, einem hoch gelegenen Bauerndorf, waren es an die zwei Stunden. Bei diesem Schnee und der vereisten Straße vielleicht sogar drei. »Nein, es hilft alles nichts, ohne dass die Margret davon erfährt, können wir zwei miteinander nicht so lange ausbleiben.«

»Aber du willst es ihr doch hoffentlich nicht erzählen?«, entfuhr es der Afra bestürzt.

»Bist damisch! Aber wir müssen sagen – ob sie es glaubt oder nicht, machen kann sie dagegen eh nichts – dass ich dich zu Verwandten bringen muss«, erwiderte er barsch. Etwas weniger forsch setzte er hinzu: »Aber was geschieht denn nachher?«

Das wusste sie zwar auch nicht, erwiderte jedoch überzeugend: »Es wird schon niemand was merken.«

Insgeheim schwor sich Dominik, dass er sich nie wieder auf solche Geschichten einlassen würde, wenn diese Sache ausgestanden war.

Margret fand es empörend, dass ihr Mann jetzt sogar Ausflüge mit der Afra unternahm. Kein Wort glaubte sie von dieser Verwandtschaft, die die Haushälterin aufsuchen musste. Trotzdem machte sie kein großes Aufhebens davon, als die beiden an einem frostklaren Januartag den Hof verließen. Sie musste sich jedoch immer wieder fragen, wie es weitergehen sollte, wie lange sie es noch ertragen konnte?

Der großspurige Voglauer, der daheim seine junge Frau schlecht behandelte, hatte nicht den Mut, Afra bis zum Häusl der Wurzen-Lies zu fahren. Er füchtete erkannt zu werden. Statt dessen setzte er sich in das einzige Wirtshaus des kleinen Dorfes und wartete auf sie. Angst und Nervosität setzten ihm zu und ließen ihn hastiger trinken, als er es gewohnt war. Und wieder schwor er sich: Nie wieder! Es musste endgültig aus und vorbei sein, wenn er diesen Schlamassel erst einmal hinter sich hatte. Vielleicht sollte er doch seiner Frau den Gefallen tun und das Hannerl adoptieren.

Er war voller guter Vorsätze, als Afra kam und ihm mit wachsbleichem Gesicht zu verstehen gab, dass sie sofort losfahren mussten. Nervös setzte er sich ans Steuer, während sie vorsichtig, offenbar von heftigen Schmerzen geplagt, neben ihm Platz nahm.

»Sag, um Himmels willen, was ist? Es wird doch hoffentlich niemand was merken? Wie tät ich dann dastehen? Sogar eingesperrt kann ...«

»Sei still und fahr mich heim!«, fuhr Afra ihn an. »Kein Mensch wird was merken!«

Es war inzwischen finster geworden, immer wieder glitt das Schweinwerferlicht in den engen Kurven der Serpentinenstraße ins Nichts hinaus, als Dominik den Wagen talwärts lenkte.

»Herrgott, so fahr doch schneller!«, stöhnte Afra sie saß ganz zusammengekauert, die Arme um den Körper geschlungen. »Ich muss heim!«

Dominiks schwitzende Hände umklammerten das Steuer verkrampft und glitzernde Perlen standen auf seiner Stirn, als er sich dazu verleiten ließ, Gas zu geben. Der schwere Wagen schoss vorwärts, kam auf der schneeglatten Straße ins Schleudern, durchbrach die Schneewand am Straßenrand und jagte in den dunklen Abgrund.

Die Voglauer-Margret hatte soeben das Hannerl zu Bett gebracht und kam die Treppe herunter, als sie die beiden Polizisten im Flur stehen sah. Es kam ihr selbst sonderbar vor, aber sie wusste sofort: Es muss was passiert sein!

Als man ihr mitteilte, dass ihr Mann und seine Begleiterin tödlich verunglückt seien, brachte sie nur ein steifes Nicken zustande, ehe sie zusammenbrach.

Als Margret irgendwann erwachte, saß ihre Mutter am Bett und hielt ihre Hand, so dass sie einen Moment lang glaubte, wieder ein Kind zu sein, das aus einem bösen Traum aufwachte. Aber es war kein Traum gewesen, alles war Wirklichkeit, ebenso die Stimme ihrer Mutter, die sanft tröstete: »Es wird alles wieder gut werden, Margretl! Alles!«

Margretl! Ja, Margretl hatte auch ein anderer sie liebevoll genannt. Einer, der auf sie wartete, zu dem sie irgendwann zurückkehren würde. Da öffnete sich die Tür einen Spalt weit und das Hannerl lugte herein. Ganz so wie damals. Und wieder sagte Margret: »Komm doch herein!«

Die Reue kam im rechten Augenblick

Vor der malerischen Kulisse der Berge, ein gutes Stück außerhalb des Dorfes, lag der Brandtnerhof, fast schon ein wenig abgeschieden. Doch mit der Ruhe und Beschaulichkeit früherer Zeiten war es auch hier vorbei. Der Fortschritt hatte Einzug gehalten. Fehlende Arbeitskräfte mussten durch Maschinen ersetzt werden. Die moderne Technik brachte zwar viele Erleichterungen, man brauchte sich weniger zu plagen, aber trotzdem nahm die Arbeit nie ein Ende.

Seit der Brandtner-Hans vor zwei Jahren ganz plötzlich einem Schlaganfall erlegen war, musste der Gustl die Rolle des Bauern übernehmen. Keine leichte Aufgabe für einen knapp sechsundzwanzigjährigen Burschen. Von einem Tag auf den anderen war es aus und vorbei mit dem unbeschwerten Leben, der lustigen Zeit.

Die Sorge der Brandtner-Loni, ihr einziger Sohn könnte dieser Aufgabe nicht gewachsen sein, erwies sich bald als unbegründet. Und doch drohte ihnen die Arbeit oft über den Kopf zu wachsen. Es war halt doch zu viel für nur zwei Paar Hände, denn den alten Großvater konnte man nicht mehr mitzählen. So war es nicht verwunderlich, dass die Bäuerin sich nichts sehnlicher wünschte als eine tüchtige Schwiegertochter zu bekommen. Obgleich sie auf Gustl einredete wie auf einen kranken Gaul, stellte er sich diesem Anliegen gegenüber taub.

»Ich heirate doch nicht, bloß weil wir jemanden zur Arbeit brauchen«, war seine wiederholte Antwort. »Außerdem sind die Mädchen heutzutage längst nicht mehr scharf darauf Bäuerin zu werden.«

»Diese Ausrede kenne ich. Unter den hiesigen Mädeln gäbe es so manche, die nicht nein sagen würde. Aber bei dir muss es halt so ein Zierpüppchen sein wie die Urlauberinnen aus der Stadt oder wie die übergeschnappte Bader-Liesl.«

Mit einem etwas gezwungenen Lachen fiel er ihr ins Wort: »Geh, Mutter, das ist doch alles nichts Ernstes.«

Sie war nun einmal in Fahrt und konnte so schnell nicht aufhören. »Wie soll es denn auch was Ernstes sein mit solchen Flittchen!«, erboste sie sich. Freilich, je erregter sie wurde, um so störrischer wurde der Gustl. In dieser Angelegenheit wollte er sich nicht dreinreden lassen. Dass ihm selbstbewusste Mädchen besser gefielen, war ja schließlich seine Sache.

Was die Brandtner-Loni kaum noch zu hoffen gewagt hatte, geschah: Gerade noch rechtzeitig zu Beginn des Sommers stellte sich bei ihr ein junges

Mädchen vor, das Arbeit auf einem Bauernhof suchte. Eine entfernte Verwandte aus dem Niederbayrischen hatte sie ihr geschickt. Geradezu hingerissen staunte sie das hübsche blonde Mädchen mit den samtbraunen Augen an: »Wie kommt denn heute noch ein junger Mensch dazu, sich für die schwere Bauernarbeit zu entscheiden?«

Daraufhin gab Veronika Gruber unbekümmert zu: »Ganz einfach, weil ich auf einem Hof aufgewachsen bin und mir die Arbeit gefällt.«

»Und da hat man dich daheim so ohne weiteres fortgehen lassen?«, kam es nun doch etwas argwöhnisch von der Bäuerin.

»Mein Bruder hat geheiratet, den Hof übernommen …«

»Aha, ich verstehe! Aber warum bist gleich so weit fort?«

»Die Berge sind für uns was ganz Besonderes. Mir hat diese Gegend schon immer gefallen, und darum wollte ich hierher.«

Die Brandtnerin war hellauf begeistert von Veronika, die ihr wie ein Geschenk des Himmels erschien. Und wenn ihr Sohn nicht völlig blind und vernagelt war, dann müsste es schon mit dem Teufel zugehen, wenn sich da nicht mehr entwickeln würde. Dass alles mit rechten Dingen zuging, darauf würde schon sie selber ein Auge haben. Zudem erschien ihr die Vroni alles andere als leichtfertig.

Der Großvater, schon hoch in den Siebzigern, war gleich vom ersten Tag an hellauf begeistert von der lebhaften, natürlichen Art des jungen Mädels.

Er stieß seinen Enkelsohn an und raunte ihm mit viel sagendem Augenzwinkern zu: »Na, was sagst du zu diesem hübschen Mädchen? Endlich kommt wieder ein bissl Leben auf unseren Hof!«

»Die ersten Sommergäste werden auch bald da sein, Großvater, dann herrscht sowieso wieder genug Trubel«, wich der Gustl recht geschickt aus.

Mit einer ungeduldigen Handbewegung wehrte der alte Mann ab: »Verschone mich mit den Urlaubern! So viel Trubel vertrage ich nicht mehr.« Er wollte seine Ruhe haben, deshalb war er ein erbitterter Gegner dieser Vermieterei während des Sommers.

Die Vroni bereute es nicht, auf diesen schmucken Hof, zu dieser warmherzigen, freundlichen Bäuerin gekommen zu sein. Sie lebte sich rasch ein und fühlte sich bald wie zu Hause.

Anfangs, als alles neu und ungewohnt für sie war, fiel ihr Gustls sonderbares Benehmen nicht auf. Doch nun war seine merkwürdige kühle Zurückhaltung nicht mehr zu übersehen. Vroni wurde das beklemmende Gefühl nicht los, dass er sie hier nicht haben wollte. Das hatte zur Folge, dass sie sich ihm gegenüber immer unsicherer fühlte. Sie merkte, dass er sie manchmal mit nachdenklich fragenden Blicken beobachtete. Es mussten wohl seine rußschwarzen Augen sein, weshalb ihr Herz dann jedesmal wie unsinnig zu klopfen begann. Sie wollte es nicht wahrhaben, doch sie fühlte sich trotz allem von diesem gut aussehenden, hoch gewachsenen Burschen angezogen.

Es war durchaus nicht so, dass dem Gustl die Vroni nicht gefallen hätte. Zudem zwangen ihm ihr Fleiß und ihre Tüchtigkeit Bewunderung ab. Der Gustl ließ sich auf keine weiteren Erörterungen ein. Er misstraute diesem »Zufall«, den er für keinen hielt, gründlich. Gerade deswegen gab er sich äußerst zurückhaltend. Er ließ sich nicht für dumm verkaufen. Und seine Mutter sollte sich getäuscht haben in der Hoffnung, dass er auf das hereinfiel, was sie so schlau eingefädelt hatte. Er hielt eine derartig plumpe Taktik für weit unter seiner Würde; er hatte es schließlich nicht nötig, verkuppelt zu werden!

Aber alles in ihm wehrte sich dagegen, sich auf so eine eindeutige Art und Weise einfangen zu lassen.

Eine Zeitlang sah die Brandtnerin diesem reservierten Benehmen ihres Sohnes zu, dann wies sie ihn zurecht: »Freundlicher könntest ja schon zur Vroni sein! Das arme Mädel ist ganz verwirrt, wenn du in der Nähe bist. Als ob sie vor dir Angst hätte. Was hast denn gegen sie?«

»Hätte ich sie zufällig irgendwo kennen gelernt, wäre gewiss alles ganz anders«, gab er unumwunden zu. »Aber für solche ausgehandelten Geschichten hab ich nichts übrig. Ich komme mir ziemlich dumm vor.«

Jetzt hatte die Brandtner-Loni begriffen. Sie schüttelte missbilligend den Kopf, ehe sie hoch und heilig beteuerte, Vroni ohne Hintergedanken in den Dienst genommen zu haben. Bereitwillig räumte sie jedoch ein: »Freilich war ich angenehm überrascht, als ich sie gesehen hab. Aber ich schwöre bei meinem Seelenheil: Auch die Großtante hat sie völlig ahnungslos an mich verwiesen. Sie wollte mir bloß eine Hilfe verschaffen! Du tust der Vroni bitter Unrecht, wenn du glaubst, sie wäre deinetwegen gekommen.« Vorwurfsvoll fügte sie hinzu: »Wenn du endlich von deinem hohen Ross heruntersteigen würdest, müsstest selber einsehen, dass ein solches Mädel so was nicht nötig hat! Sie hat genug Bewerber und Verehrer.«

Schon entfuhr ihm ein etwas bestürztes »Weißt du was Bestimmtes?« Ein rätselhaftes Lächeln, ein vages Schulterzucken seiner Mutter verunsicherte ihn nun vollends und weckte seine Neugier.

Obwohl die Ernte in vollem Gang war und auf dem Hof fast ein Dutzend Sommergäste wohnten, herrschte doch kein hektisches Durcheinander, wurde im Haus nichts vernachlässigt. Die Brandtner-Loni fragte sich, wie sie das ohne Vroni jemals allein geschafft hatte. Dieses Mädchen war unbezahlbar.

Endlich bemerkte sie zu ihrer großen Freude auch, dass sich der Gustl und die Vroni näher kamen, vertrauter miteinander wurden. Was sie zu den schönsten Hoffnungen veranlasste. Mit offenen Armen hätte sie Vroni als Schwiegertochter aufgenommen, denn sie schien ihr genau die Frau zu sein, die zu ihrem Sohn und auf den Hof passte.

So weit dachte der Gustl noch nicht, als er Vroni fragte, ob sie mit ihm am kommenden Samstag zur

Alm hinaufgehen wollte. Er musste nach dem Jungvieh sehen, das den Sommer über sich selbst überlassen war. »Es ist nicht weit. Wenn wir mittags losgehen, sind wir am Abend schon wieder daheim.«

Vronis Herz hüpfte vor Freude und Begeisterung. Ein überglückliches: »Nimmst mich wirklich mit?«, entschlüpfte ihr. »Ich war noch nie auf einer richtigen Alm.«

»Dann wird's aber höchste Zeit«, schmunzelte Gustl und versuchte ihren Blick festzuhalten. Dabei durchlief ihn ein merkwürdiges Kribbeln. Bei ihr, das wurde ihm plötzlich bewusst, ging er sehr viel zaghafter vor, als es seine Art war. Obgleich sie ihn immer mehr interessierte, sogar faszinierte. Vroni war, das musste er zugeben, ein ungewöhnliches Mädchen.

Die Vroni schwebte indessen bereits wie auf Wolken und schon eilte ihre Fantasie der Wirklichkeit weit voraus. Sie konnte sich nichts Aufregenderes vorstellen, als einen Tag mit Gustl allein in der Einsamkeit der Berge zu verbringen. Sie hatte ihr Herz längst an ihn verloren. Und diese Einladung schien all ihre romantischen Träume zu erfüllen.

Leider sollte sie am darauf folgenden Tag eine böse Überraschung erleben, als der Gustl vom Dorf heimkam und sofort zu seiner Mutter in die Küche stürmte.

Vroni, die alles mit anhörte, bekam einiges Herzflattern, als er von einem Brief sprach, den er von einer Jugendfreundin erhalten hatte, die ihre Ferien im Forsthaus, bei ihrem Großvater, verbracht hatte.

»Der Postbote hat mir den Brief unterwegs gegeben, und ich hab die Margit gleich angerufen, dass sie bei uns bleiben kann. Es ist doch recht, Mutter? Wir haben uns, seit der alte Forstmeister tot ist, nicht mehr gesehen. Ich freu mich sehr auf sie!«

Nein, es war der Brandtnerin durchaus nicht recht. Sie erinnerte sich noch allzu genau an dieses Mädchen. Schon als Kind war die Margit ein Wildfang gewesen, immer dabei, wenn von den Kindern etwas ausgeheckt wurde. Jedesmal war die Bäuerin heilfroh gewesen, wenn die Ferien vorbei waren und dieser vorlaute Fratz mit seinen Eltern wieder nach München abreiste. Der Gustl und die Margit waren auch noch ein Herz und eine Seele, als sie den Kinderschuhen entwachsen waren, was ihr oft genug Anlass zu Befürchtungen gegeben hatte. Deshalb hatte sie, bei allem Bedauern, auch insgeheim aufgeatmet, als der alte Forstmeister das Zeitliche segnete und diese Besuche im Forsthaus aufhörten.

»Ich verstehe nicht, was sie auf einmal will, nach so langer Zeit? Es müssen doch an die sechs Jahre her sein, dass ...«

»Sie war schon immer lieber auf dem Land als in der Stadt. Da ist es doch nicht ungewöhnlich, wenn sie wieder einmal kommt.«

»Du hättest nicht telefonieren sollen, ohne mir vorher was zu sagen«, rügte sie. Zugeknöpft fügte sie hinzu: »Außerdem hab ich kein freies Zimmer! Soll sie halt im Dorf drunten bleiben.«

Trotz der Hitze überlief es die Vroni eiskalt, als sie hörte, wie sehr sich der Gustl ins Zeug legte, bis seine Mutter schließlich einwilligte, noch ein Zimmer zurechtzumachen.

Die Brandtner-Loni sah ein, dass es leichter war, Gustl und Margit hier bei sich unter Kontrolle zu halten, als wenn sie sich ständig irgendwo trafen. Aber einverstanden war sie mit diesem unvorhergesehenen Wiedersehen ganz und gar nicht.

Als die beiden Frauen allein waren, fragte Vroni kleinlaut: »Wer ist denn diese Margit eigentlich?«

Sich zu einem begütigenden und verstehenden Lächeln zwingend erwiderte die Loni: »Solche Mädels nimmt man nicht ernst. Du brauchst dir keine Sorgen zu machen. Ich bin schließlich auch noch da. Wir lassen uns von niemandem auf der Nase herumtanzen!«

Das war keine beruhigende Antwort für das verliebte Mädchen, das sich noch längst nicht sicher sein konnte, dass seine Gefühle erwidert wurden.

Früher als erwartet – oder besser befürchtet – kam Margit mit einem alten, klapprigen Auto angefahren. Sie stieg aus, schüttelte die leuchtend rote Haarmähne zurück und lief mit ausgebreiteten Armen auf Gustl zu.

Vroni, die hinter einem Fenster stand, musste sich abwenden. Sie konnte nicht zusehen, wie er dieses Mädchen umarmte. Sie wusste schon jetzt: Neben dieser hoch gewachsenen auffallenden Erscheinung würde sie zu einem farblosen Nichts verblassen.

»Gut schaust du aus!«, rief der Gustl lachend nach dieser stürmischen Begrüßung, die sofort die alte Vertrautheit von früher wiederhergestellt hatte.

»Und du hast dich zu einem fast gefährlich attraktiven Mann entwickelt«, gab sie das Kompliment in ihrer burschikosen Art zurück. Unbefangen hakte sie sich bei ihm unter und gestand mit einem tiefen Seufzer: »Ist das schön, wieder hier zu sein!«

»Na, das klingt ja, als hättest du die Nase voll von der Stadt!«

»Ich war noch nie gern dort. Ich hätte gleich beim Großvater bleiben sollen. Komm, ich möchte deine Mutter begrüßen!«

Selbst die Brandtnerin – sie wurde von Margit immer noch Tante Loni genannt – hatte Mühe, dem entwaffnenden Charme des Mädchens zu widerstehen. Ihre Meinung über diesen unerwünschten Gast wurde jedoch sofort wieder gefestigt, als sie sich nach Margits Eltern erkundigte.

»Ach, Tante Loni, alles noch beim Alten«, kam es leichthin zurück. »Immer noch fromm und fleißig, wie es sich für eine Beamtenfamilie gehört.« Ein spöttischer Unterton lag in ihrer Stimme, als sie hinzufügte: »Aus meinen zwei Brüdern ist was Ordentliches geworden. Sie sind alle beide Lehrer. Bloß mit mir haben sie Kummer. Ich bin die ungeratene Tochter, weil ich's nicht so weit gebracht habe. Ich hab mich halt zu nichts zwingen lassen.«

»Ja, Mädel, wovon lebst du denn eigentlich?«, entfuhr es der Brandtnerin.

Unbekümmert kam es zurück: »Wenn man arbeiten will, findet man immer was. Man darf die Arbeit nur nicht scheuen, dann kommt man überall zurecht. Nach dem abgebrochenen Studium hab ich mich erst einmal umgeschaut und Verschiedenes ausprobiert. Am besten hat es mir in einer Gärtnerei gefallen. Alles was mit der Natur zu tun hat, interessiert mich. Wer weiß, vielleicht versuche ich es demnächst mit der Landwirtschaft. Die ist ja jetzt wieder groß im Kommen!«

Noch während sich die Brandtnerin über diese ihr völlig fremde Lebenseinstellung der Sechsundzwanzigjährigen ärgerte, wandte der Gustl zu ihrem Entsetzen ein: »Ich wette, Margit, aus dir könnte sogar eine tüchtige Bäuerin werden!«

»Warum nicht! Ich finde mich schon zurecht!«, entgegnete das Mädchen mit geradezu herausfordernder Selbstverständlichkeit. »Gelt, Tante Loni, heute ist es nicht mehr so schlimm mit der Arbeit? Man muss doch bloß den Überblick haben. Für die schwere Arbeit gibt's Maschinen.«

Mehr als ein mitleidiges, sarkastisches Schmunzeln brachte die Brandtnerin nicht zustande.

Es kam wie erwartet: Gustl hatte nur noch Augen für Margit, die sich ganz wie zu Hause fühlte. Er versuchte, Vronis Leiden, ihren Kummer zu übersehen. Bis Margit, die wenig Zurückhaltung kannte, ihn darauf ansprach: »Du, ich fürchte, eure Magd macht sich Hoffnungen auf dich …«

»Blödsinn!«, stieß er hastig hervor, fühlte sich aber nicht so ganz wohl dabei. »Ich bin mir keiner Schuld bewusst.«

»Irgendwie hätte es mich auch gewundert, dass du nichts Besseres findest. Oder suchst eine Bäuerin?« Letzteres klang herausfordernd.

Da er sich unbeobachtet fühlte, zog er sie in die Arme. »Kann schon sein«, entgegnete er flüsternd und atmete den Duft ihrer Haut.

»Fragst halt bei mir nach«, lachte sie und schmiegte sich an ihn.

»Kann auch sein!«, kam es undeutlich zurück, ehe er seine Lippen auf diesen verführerischen Mund presste.

Während Vroni ihren Kummer tapfer zu verbergen versuchte und der Großvater mit missbilligender Miene durchs Haus schlurfte – auch ihm passte irgendetwas nicht – tat die Brandtnerin, als sähe sie nichts. Sie wusste, mit Verboten war nichts zu erreichen. Gustl war schließlich ein erwachsener Mann.

Vroni weinte bitterlich, als sich der Gustl mit Margit auf den Weg zur Alm machte. Sie dachte, sie würde vor Eifersucht sterben, als die beiden am selben Abend nicht wiederkamen, sondern in der Hütte übernachteten.

Das ging auch der Loni zu weit. Nun musste etwas geschehen. Sie fasste einen Plan. Das Pärchen sollte sein blaues Wunder erleben. Der Gustl würde über diese siebengescheite Margit noch staunen.

Ganz wohl war dem Gustl nicht, als er und Margit am Sonntag den Heimweg antraten. Er sah etwas blass aus, woran nicht nur die leidenschaftliche Liebesnacht schuld war.

»Ein gestandener Mann wird doch keine Angst vor seiner Mutter haben«, lachte Margit ihn aus. »Dich will ich heiraten, nicht sie!«

Sie war wirklich ein Prachtmädel, seine Margit! Als er seinen Arm um ihre Schulter legte, stützte er sich etwas schwer, fast wie hilfesuchend, auf sie.

In der Haustür erwartete sie der Großvater und jammerte: »Endlich bist du da! Deine Mutter liegt schwer verletzt droben in der Kammer! Sie ist die Treppe heruntergefallen.«

Mehr hörte der Gustl gar nicht, als er von Angst gepackt die Treppe hinaufstürmte und ins Schlafzimmer seiner Mutter lief. Statt Vorwürfe bekam er nur Wehklagen zu hören, die sich noch mit der Schreckensnachricht steigerten: »Und die Vroni ist auch auf und davon! Du weißt ja, was es bedeutet, wenn einer mit einem Mädel über Nacht fortbleibt?«

»Das ist doch heutzutage nicht mehr so, Mutter. Aber wir werden sowieso heiraten!«, druckste er schließlich etwas kleinlaut heraus. Wieder blieb die erwartete Reaktion aus. Loni jammerte nur wegen der Arbeit, die getan werden musste. »Reg dich nicht auf, das schaffen wir schon! Die Margit scheut die Arbeit nicht, du wirst sehen, Mutter.«

Als Margit dies hörte, war sie anfangs guten Willens. Sie fand es lustig, sich als Stallmagd zu »verkleiden«, als man die abendliche Stallarbeit in Angriff nehmen musste.

Dem Großvater entging ihre süßsaure Miene nicht, als sie auf Gustls Anweisung den Kühen die Schwänze hochbinden und die Euter reinigen musste, ehe sie an die Melkmaschine kamen. Er schlurfte in seinen Pantoffeln hin und her, stand im Weg, rührte keinen Finger, beschwerte sich jedoch: »Wann gibt's denn endlich Abendessen?«

Bald merkte Margit, dass es harte Knochenarbeit war, die Kannen in den Kühlraum zu schleppen. Trotzdem glaubte sie, die erste Feuerprobe bestanden zu haben, als Gustl lachend lobte: »Gut hast dich gehalten, Bäuerin! Morgen früh um sechs haben wir wieder die gleiche Arbeit. Aber jetzt hab ich einen Mordshunger!«

Was Margit dann in aller Eile zusammenkochte, konnte nur ein Verliebter oder Halbverhungerter essen. Auf den Großvater traf keines von beidem zu. Er schob seinen Teller mit einem angewiderten »So ein Schlangenfraß!« von sich. Er ließ sich auch von Gustls verlegenem »Man kann's zur Not schon essen« nicht besänftigen, was ihm einen giftigen Blick von Margit eintrug.

Da noch die Küche aufzuräumen, das Geschirr zu spülen und der Frühstückstisch für die Gäste zu decken war, wurde es spät, ehe man todmüde ins Bett fiel.

In der Hetze des darauf folgenden Tages büßte Margit einiges von ihrer fröhlichen Laune und ihrem gepflegten Aussehen ein. Das Bäuerin-Spiel wurde bitterernst. Schon während der Stallarbeit verlangten die ersten Gäste ihr Frühstück. Heute gab ihr der Großvater die Anweisungen, denn Gustl musste aufs Feld. Außerdem wollte auch Tante Loni versorgt werden, die versuchte vom Bett aus das Kommando zu führen.

Es gab weder ein zweites Frühstück noch ein rechtzeitiges Mittagessen.

Da auch der Gustl alle Hände voll zu tun hatte, wurde bald aus dem Geturtel ein unwilliges Murren. »Die Kocherei musst du dir schon besser einteilen. Ich muss wieder hinaus!«

»Herrgott, ich kann mich doch auch nicht zerreißen«, keifte Margit zurück. »Ich bin schließlich mit all der Arbeit allein.«

»Das war die Bäuerin bis vor kurzem auch«, kam es boshaft vom Großvater.

Am Abend war Margit so geschafft, dass sie nicht mehr daran dachte, sich das Haar zu waschen und sich für die Nacht zurechtzumachen. Sie wollte nur noch ihre Ruhe haben, schlafen und die schmerzenden Glieder ausstrecken.

In dieser Nacht hörte die Brandtnerin Spektakel aus dem Hühnerstall. Schon wollte sie aufstehen und nachsehen, doch sie zwang sich liegen zu bleiben. Auch wenn es ihr schwer fiel – es musste durchgestanden werden. Lieber ein Ende mit Schrecken, als ein Schrecken ohne Ende! »Nichts da, Loni«, befahl sie sich selber, »du bleibst liegen!«

Die Bescherung wurde gleich am frühen Morgen entdeckt. Wütend kam Gustl in die Küche, schwenkte etliche übel zugerichtete Hühner, deren Kehlen durchgebissen waren, vor Margits Augen. »Du hast vergessen den Hühnerstall zuzumachen! Ein gefundenes Fressen für den Marder!«

Schon erschien der Großvater, warf ein Bündel lebloser Hennen auf den Tisch und murrte dabei etwas wie »Schlamperei«.

»Herrjeh, was soll denn ich damit?«, entfuhr es Margit angewidert.

»Rupfen und ausnehmen halt«, stieß der Gustl erbost hervor. »Oder meinst du, wir werfen sie weg? Der Schaden ist ohnehin schon groß genug!«

Margit starrte auf den blutigen Federhaufen. Das war eine Zumutung und ging nun wirklich zu weit. Sich das Kopftuch vom inzwischen strähnig gewordenen Haar reißend, schrie sie ihn an: »Mach doch deine Dreckarbeit gefälligst allein! Mir reicht es.«

Noch ehe er es richtig begriff, war sie aus der Tür gerannt und die Treppe hinaufgeeilt. Er konnte sich denken, was dies bedeutete. »Heiland, jetzt stehen wir schön dumm da! Oh, ich Hornochse!«, stöhnte er auf.

»Das kannst du laut sagen! Das hast jetzt davon, dass du wegen dieser Spinatwachtel der Vroni so weh getan hast!«, kam es vom Großvater.

Die Kühe brüllten, wollten gefüttert und gemolken werden, als Gustl seiner Mutter berichtete, was geschehen war und verlegen zugab: »Ich wollte, ich könnt's ungeschehen machen; vor allem wegen der Vroni!«

Trotz ihrer angeblich schweren Prellungen hatte sich die Brandtnerin kerzengerade im Bett aufgerichtet: »Wenn's bloß wegen der Arbeit ist, dass es dir um die Vroni Leid tut ...«

Da entfuhr es ihm vorschnell: »Nein, nicht deswegen, Mutter ...« Er brach unvermittelt ab, denn Motorgeräusch verriet, dass Margit davonbrauste. Sie fand es nicht nötig, sich zu verabschieden.

Plötzlich verklärte ein breites Schmunzeln Lonis Gesicht. »Dann fragst du die Vroni halt, ob sie dir verzeiht! Sie ist bei meiner Schwester auf dem Pointnerhof«, verriet sie, während sie sich putzmunter aus dem Bett schwang. Das ungeduldige Vieh musste endlich versorgt werden.

Gustl fiel ein Stein vom Herzen. Er war viel zu erleichtert, um ihr diese Komödie zu verübeln.

Vroni deckte den Tisch für die Sommergäste, die man auch auf dem Pointnerhof beherbergte, als die Bäuerin sagte: »Schau, wer da kommt! Jetzt musst es dir überlegen, ob du ihm verzeihst. Ich hätte dich ihm gern ausgespannt!« Dabei schmunzelte Gustls Tante wohlwollend.

»Vroni, kannst mir verzeihen?« Mehr brauchte er nicht zu sagen. Vroni vergaß allen Kummer und strahlte Gustl an. »Ich werd's wieder gut machen!«, versprach er, als er sie in die Arme nahm. Und es war ihm sehr ernst damit.

Ein unerwünschter Besuch

Die Rackl-Everl freute sich jedesmal, wenn sie das Trippeln der winzigen Hufe auf dem Kiesweg hörte und gleich darauf Maxls schmales Köpfchen mit den großen, dunklen Augen vor dem Küchenfenster erschien. Der Maxl war ein junger Rehbock, den man im Forsthaus großgezogen hatte und der sich ab und zu noch einige Leckerbissen aus Menschenhand hier abholte.

Obgleich Everl, die Enkelin des Försters wusste, dass es für ihren Schützling jetzt höchste Zeit war, Menschen zu meiden, brachte sie es nicht über sich, ihn davonzuscheuchen, wie der Großvater es von ihr verlangte. Selbst seine Mahnung: »Oder willst, dass ihn jeder Wilderer am Halsband heimführen kann wie ein Schaf zum Abschlachten?«, half da nicht viel. Auch kein: »Außerdem werden Rehböcke angriffslustig, sogar gefährlich für den Menschen, wenn die Tiere die angeborene Scheu vor ihnen verlieren.«

Freilich, auch das hatte sie oftmals gehört. Schließlich war sie hier im Forsthaus bei den Großeltern aufgewachsen, das zum großen Jagd- und Waldbesitz des Baron von Siemsen gehörte. Selbst von des Jägers missbilligenden Blicken, wenn sie den Maxl lockte und fütterte, ließ sie sich nicht einschüchtern. Und dabei hatte sie angefangen, Matthias, der seit kurzem als Nachfolger ihres gicht- und rheumageplagten Großvaters eingesetzt und hierher ins einsam gelegene Forsthaus gezogen war, heimlich zu bewundern.

Erstaunlich war das nicht, wenn der fesche Jäger mit den schwarzen Augen, der so manches Mädchenherz schneller schlagen ließ, auch Everl in die Augen stach, die von derlei Irritationen bisher verschont geblieben war. Bis der Matthias auftauchte! Für eine bildhübsche Neunzehnjährige ohnehin ungewöhnlich genug, dass sie noch nie verliebt gewesen war. Doch schuld daran war wohl die Abgeschiedenheit des Forsthauses und die Tatsache, dass sie, nachdem ihre Eltern bei einem Lawinenunglück ums Leben gekommen waren, bei den Großeltern aufgewachsen war.

Seit ihre Großmutter vor etlichen Jahren gestorben war, versorgte Everl den Haushalt. Es musste alles instand und für Jagdgäste bereit gehalten werden, auch wenn sich von der Familie des Barons in letzter Zeit nur noch selten jemand hier sehen ließ. So verrann die Zeit in dieser abgelegenen Gebirgsgegend in ruhiger Beschaulichkeit.

In das koboldhafte Rufen eines Kuckucks, das bald aus der einen, dann aus der anderen Richtung zu hören war, mischte sich Everls entsetzter Aufschrei: »Um Gott's willen, meine Rosen!« Das gertenschlanke, dunkelhaarige Mädchen beugte sich über die Rosensträucher, die den Kiesweg zum Forsthaus säumten. Wo vor kurzem noch dicke, viel versprechende Knospen aus dem glänzenden Laub ragten, sah man nur noch Stiele, wie mit einem Messer gekappt. »Da, schau nur, Großvater, jemand hat mir die Knospen abgeschnitten!«

»Blödsinn!«, reagierte der Rackl-Kaspar, ein bärtiger Hüne, dessen Bewegungen jedoch schon wie eingerostet wirkten. »Der Malefiz-Bock war's halt, der sich die zarten Knospen geschnappt hat. Schuld bist selber, denn wie oft ...« Er brach ab, als ein Wagen die Auffahrt heraufkam und auf den Garagenvorplatz einbog. »Das ist aber schnell gegangen«, tat er verwundert.

Während die hübsche Everl noch traurig ihre Rosenstöcke betrachtete, hörte man das blecherne Geräusch vom Zuschlagen einer Tür. Gleich darauf bog der Jäger ums Haus, hielt einen Brief in der erhobenen rechten Hand und rief sichtlich aufgeregt: »Ein Schreiben von Herrn Baron, Herr Förster! Ich bin gleich umgekehrt, als mir der Postbote begegnete. Am Ende kommt der Herr gar selber wieder einmal zu uns heraus?«

Nachdem die immer noch scharfen und flinken Augen des Alten den Brief überflogen hatten, glitt ein erwartungsvolles Schmunzeln über sein Gesicht.

»Matthias, es gibt wieder was zu tun«, verkündete er. »Fräulein Bettina von Siemsen, eine Enkelin von unserm Herrn Baron, kommt mit einem befreundeten Ehepaar. Er, ein Herr Dr. Braun, soll auf einen guten Bock geführt werden; anscheinend ein enger Freund ...«

»Herrjeh, da müssen Zimmer gerichtet werden«, entfuhr es Everl, die darüber ihre geköpften Rosen vergaß. »Wann kommen sie denn schon?«

»Am Wochenende, schreibt der Herr Baron. Was ist, Matthias, steht der Bock am Hirschbach noch allweil pünktlich ein?«

Als der junge Jäger diese Frage eifrig beantwortete, musste Everl einsehen, dass sie nun für eine Weile zurückstehen musste, da es für »ihre« beiden Männer nun Wichtigeres gab.

Sie hatte den eigentlichen Grund ihrer vorherigen Aufregung bereits vergessen, als ihr Großvater sie ermahnte: »Gelt, dass wir uns richtig verstehen: Der Maxl wir nicht mehr gefüttert. Es fehlte gerade noch, dass ein Unfall passiert!«

»Was denn für ein Unfall, Großvater?«

»Stell dich nicht dümmer als du bist«, kam es nun ernstlich ungehalten zurück. »Du weißt recht gut, dass so ein halbzahmer Rehbock gefährlich werden kann.«

Obgleich Everl dies hinlänglich bekannt war, erschien es ihr, die mit dem Maxl so vertraut war wie mit ihren Hunden, fast unmöglich. Viel Zeit jedoch, um darüber nachzudenken, blieb ihr nun nicht mehr, denn jetzt musste auch sie sich an die Arbeit und die Vorbereitungen machen.

Wie gemalt stand der Rehbock auf der großen Wiese am Hirschbach, aus der feine Nebelschleier stiegen, die sich mit dem bereits diffusen Dämmerlicht mischten.

Mit einem zufriedenen Schmunzeln ließ Matthias das Fernglas sinken und bedeutete seinem Hund mit einem kurzen Ruck an der Leine, dass man sich nun lautlos durchs Unterholz zurückziehen wollte. Gewiss würde der Bock auch noch sicher einstehen, wenn der Jagdgast des Herrn Baron kam. Dann konnte er seine Fähigkeiten als Jäger unter Beweis stellen und seinem Dienstherren zeigen, dass er einen guten Griff mit ihm getan hatte. Und dann – und dies war ihm schließlich am wichtigsten – konnte er um eine Gehaltsaufbesserung und den alten Rackl um die Hand seiner Enkelin bitten. Das, was er jetzt verdiente, reichte kaum für einen. Es würde zudem noch etliche Jahre dauern, bis der Förster endgültig in Pension ging und er dessen Position einnehmen würde. Bis dahin würde ihnen beiden das Warten gewiss zu lange werden!

Als Matthias nun das Forsthaus erreichte, war es fast finster geworden. Trotzdem sah er den Maxl in langen, eleganten Sätzen dem Waldrand zuhalten und der Jäger erkannte den schmalen Schatten am Gartenzaun. Mit gedämpfter Stimme rief er: »Brauchst dich nicht zu verstecken. Ich hab dich schon gesehen, dass du ihn wieder gefüttert hast.«

»Pst, der Großvater!«, zischelte Everl ihm beschwörend zu und wies mit einer vagen Handbewegung hinter sich. Aber so gefährlich konnte es kaum sein, denn gleich darauf fügte sie schmeichelnd hinzu: »Ist das alles, was du mir zu sagen hast, nachdem ich auf dich gewartet hab?«

Matthias nahm sie in den Arm und so wie jedesmal, wenn sie sich an ihn schmiegte, durchrann ihn ein heißes Glücksgefühl. Nach einem zärtlichen Kuss erzählte er hastig und mit gedämpfter Stimme, was er sich während seines Reviergangs ausgemalt oder besser ausgerechnet hatte. »Weißt, dann hab ich ein besseres Gefühl, wenn ich deinen Großvater ...«

Da fiel sie ihm mit einem leisen Auflachen ins Wort: »Meinst wirklich, er weiß nicht, was mit uns los ist? Wenn er nichts dazu sagt, dann bloß, weil er nichts dagegen hat.«

Das mochte zwar wahr sein, aber völlig blind stellte sich der Rackl-Kaspar auch nicht. Denn plötzlich wurden Schritte laut, es tauchte seine hagere Gestalt aus der Dunkelheit auf und er fragte: »Na, Matthias, ist er eingestanden, der Bock am Hirschbach?«

Hastig rumpelte das Pärchen auseinander, während der Jäger sich räusperte, bevor er die Frage bejahte und hinzufügte: »Die Jagdgäste können schon kommen, es kann kaum noch was schief gehen.«

»Kaum«, kam es mit einem hintergründigen Schmunzeln auch vom alten Förster. Es war zu dunkel, um den verschmitzten Ausdruck in seinem bärtigen Gesicht bemerken zu können. Doch seinem Tonfall war zu entnehmen, dass er mehr wie zu einem Sohn als zu einem Untergebenen sprach.

Das Forsthaus lag auf einer großen, von mächtigen Bäumen umsäumten Lichtung. Frühsommerliche Hitze, zum ersten Mal in diesem Jahr, lastete über dem Tal und ließ sogar das Vogelgezwitscher verstummen.

Da wurde die Stille plötzlich von herannahendem Autolärm gestört. Gleich darauf glitt ein schwerer Wagen die Auffahrt herauf; das mussten sie sein, die bereits erwarteten Jagdgäste!

Als die Hunde im Zwinger anschlugen und einen Höllenspektakel veranstalteten, ehe ein scharfer Pfiff sie verstummen ließ, erschienen die Bewohner des Forsthauses. Zu ihrer Verwunderung sahen sie jedoch nur eine junge, etwa fünfundzwanzigjährige Frau aus dem Wagen steigen, gekleidet in einem modischen Kniehosenanzug. Es war Bettina von Siemsen, eine Enkelin des Jagdherrn und Revierbesitzers.

Mit einem exaltierten »Ich dachte schon, ich würde hier nie ankommen«, schüttelte sie ihre blonde Lockenmähne zurecht. Dann erst stellte sie sich vor, denn sie war zum ersten Mal hier.

»Sind Sie allein, Fräulein Baroness?«, entfuhr es dem alten Rackl.

Daraufhin erwiderte sie burschikos: »Sagen Sie Bettina zu mir.« Dann erst erklärte sie: »Doktor Braun und seine Frau sind leider verhindert. Ich wollte mich in München mit ihnen treffen, denn ich war bereits vorgestern vorausgefahren.«

»Das ist aber schade«, rumpelte Matthias heraus, der seine Hoffnungen nun abschreiben konnte, zumindest bis auf weiteres.

Sie musterte ihn sichtlich interessiert. Mit einem kühlen Blick ihrer grauen Augen studierte sie ihn, dann meinte sie: »Sie werden nun mit mir vorlieb nehmen müssen. Da ich nun schon einmal in München war, wollte ich nicht wieder zurückfahren, ohne zumindest ein paar Tage hier verbracht zu haben. Großvater, aber auch meine Mutter, haben schon viel von hier erzählt …«

»Gelt, dann sind Sie eine Tochter von der Baroness Stefanie«, wandte der Förster vorschnell ein. »Ich kann mich gut an Ihre Frau Mutter …«

»Ja, ja, ich weiß«, fiel sie ihm desinteressiert ins Wort. »Ich soll übrigens schöne Grüße bestellen«, meinte sie noch leichthin.

»Vergelt's Gott, Fräulein Bettina«, kam es erfreut und mit einigem Stolz von dem alten Mann zurück. »Ja, ja, das waren halt noch Zeiten …« Er brach ab, denn es hörte ihm keiner mehr zu. Sie war schon dabei, Anweisungen wegen ihres Gepäcks zu geben und schloss den Kofferaum auf.

Everl hatte bisher nur schweigend dabeigestanden und wusste sofort, dass sie dieses Mitglied ihrer Dienstherrschaft nicht mochte. Es war nicht allein deshalb, weil sie kaltschnäuzig mit dem Großvater umsprang, es waren vielmehr die Blicke, mit denen sie Matthias musterte, die ihr gründlich missfielen, ihr sogar Angst machten.

Ja, Herr Förster, jetzt wird's halt nichts werden mit unserer Bockpirsch«, sagte Matthias bedauernd, als er mit seinem Vorgesetzten allein in der Jagdstube war, deren holzvertäfelte Wände von Geweihen und Gehörnen strotzten. »Können Sie sich vorstellen, was das Fräulein bei uns will?« Und geradezu entsetzt äußerte er: »Sie wird doch am Ende nicht eine von diesen Frauen sein, die schießwütig in der Gegend rumballern?«

»Ich glaub's kaum«, schmunzelte der Gefragte, »da hätt der Baron schon ein Wort darüber geschrieben. Aber«, hier zog er den bärtigen Kopf tief zwischen die knochigen Schultern, als er mit unüberhörbarer Resignation fortfuhr, »wir könnten nichts dagegen machen. Es ist schließlich nicht unser Revier. Der Baron, ihr Großvater, hat das Sagen. Doch ehrlich gesagt, ich kann es mir auch nicht vorstellen, was sie so allein bei uns will. Vielleicht bloß ein paar Tage ausspannen, sich ein bissel umschauen.«

Eben das war es auch, was Bettina vom Siemsen beabsichtigt hatte. Und dies nicht zuletzt, um ihrem Großvater einen Gefallen zu tun. Wie es nun aussah, würde es nicht gar so langweilig werden. Gewiss war so ein nettes, romantisches Abenteuer in einer noch heilen Welt ganz amüsant. Dieser gut aussehende Jäger schien tatsächlich noch einer zu sein, der wirklich meint, was er sagt und nur das tut, was er für richtig hält. Es wäre gewiss ganz reizvoll, ihn aus seiner selbstzufriedenen Beschaulichkeit aufzuschrecken. Das konnte sie sich als sehr unterhaltsam vorstellen.

Als Bettina aus dem Fenster blickte, sah sie den jungen Jäger und die Enkelin des Försters in eindeutig vertraulichem Gespräch beisammenstehen, was sie jedoch mit einer geringschätzigen Bemerkung abtat: »Die Kleine wird mich kaum hindern können!«

»Nehmen Sie mich mit?«, fragte Bettina von Siemsen ungeniert, als Matthias, zum Reviergang gerüstet, soeben das Haus verlassen wollte. »Ich werde bestimmt ganz still sein ...«

»Das ist es nicht, Fräulein von ...«

»Nennen Sie mich doch Bettina!«, bat sie mit betörendem Lächeln. Sie sah einfach hinreißend aus, wenn auch nicht ganz praktisch angezogen, in dem beigen, knapp sitzenden Lederanzug.

»Also, ein Gewehr darf ich Ihnen keines in die Hand geben, wenn Sie das meinen. Oder haben Sie etwa die Jagdprüfung abgelegt und können mit Waffen umgehen?«

Sie vergaß darauf zu antworten, denn sie hatte etwas entdeckt, das ihr fast den Atem verschlug. Auf dem Kiesweg stakste ohne jegliche Scheu ein Rehböckchen daher. »Mein Gott, so sehen sie doch, Matthias!«, stieß sie beklommen hervor. »Tollwut ... Es muss tollwütig sein!«

»Ach, woher denn!«, lachte er, »das ist bloß unser Maxl, der die Everl allweil wieder aufsucht, um um Leckerbissen zu betteln.« Und damit machte er etliche drohende Schritte auf den Maxl zu, stieß ein lautes »Gschschtt! Schau, dass du weiterkommst!« aus. Daraufhin ergriff das Böckchen erschreckt die Flucht, setzte über die Rosenrabatte hinweg und verschwand im Wald.

»Ein zahmes Reh! Wie wunderbar! Sie hätten es nicht davonjagen dürfen«, rief Bettina bedauernd aus. »Ich wollte es so gern streicheln.«

Knapp erklärte Matthias, was es mit dem Rehbock auf sich hatte, dass er nun lernen müsse, den Menschen aus dem Weg zu gehen, wollte man für ihn und andere Ärger verhindern. Sichtlich enttäuscht meinte sie dazu: »Wie schade!« Aber gleich darauf fügte sie enthusiastisch hinzu: »Ich werde ihn mit nach Hause nehmen! Ja, klar, unser Park ist groß genug …«

»Nach Düsseldorf? Mitten in die Stadt? Nein, das geht nicht«, erklärte Matthias entschieden.

»Wieso denn nicht?«, wandte sie hartnäckig ein. Ihre Miene wirkte fast etwas mitleidig, als sie ihm begreiflich machte, dass es auch in einer Großstadt Häuser und Villen gab, die von weitläufigen Gärten umgeben waren.

Wohl um sie von diesem unliebsamen Thema abzulenken, schlug er unvermittelt vor: »Wollen Sie jetzt mitkommen auf die Pirsch? Dann zeige ich Ihnen einen Prachtbock, der ist nicht so ein verzogenes Bürscherl wie der Maxl.«

Bettina lachte und war sofort einverstanden. Doch die Sache mit dem Rehböckchen war nur aufgeschoben, nicht aufgehoben.

Aus schmalen Augen starrte Everl den beiden nach, dabei tobten in ihr hilfloser Zorn und brennende Eifersucht. Ganz deutlich hatte sie jedes Wort verstanden, so dass ihr nun ein empörtes »Was denkt die sich eigentlich!« entfuhr.

Plötzlich erschien ihr alles, was bisher so schön und klar gewesen war, in Frage gestellt. All ihr Selbstvertrauen schwand zu einem Nichts, sie kam sich neben Bettinas auffälliger Erscheinung unbedeutend, ja reizlos vor.

Als der alte Kaspar sich räusperte – er hatte Zeitung gelesen – schluchzte sie plötzlich auf: »Meinst, Großvater, dass sie ihn uns nimmt, den Maxl?«

Dabei schwang auch noch die Angst um Matthias mit.

»Ach was«, kam es begütigend zurück, »es wird nichts so heiß gegessen, wie es gekocht wird, Everl! Launen muss man nicht so ernst nehmen!«

Daraufhin wandte sie kleinlaut ein: »Sie ist immerhin die Enkelin vom Herrn Baron. Und was sie bestimmt, danach haben wir uns zu richten.«

Dazu meinte der Alte nur mit einem viel sagenden Schmunzeln: »Er wird sich schon nicht einfangen und erwischen lassen. Zu so was gehören halt allweil zwei dazu!«

Obgleich sie nicht recht wusste, wer damit gemeint war, der Maxl oder Matthias, ließ sie es lieber dabei bewenden. Ihr blieb ja ohnehin nichts anderes übrig, als zu hoffen, dass ihre kleine Welt nicht durch die Laune eines verwöhnten Menschen zerschlagen wurde. Was für Bettina nur einen kurzen Zeitvertreib bedeutete, war für sie der Inhalt ihres Lebens.

Indessen wanderten Matthias und Bettina gemächlich durch den Wald. Die letzten Strahlen der Abendsonne woben goldene Filigranmuster durchs Blattgewirr, doch keiner der beiden achtete darauf. Sie waren sich auf Anhieb sympathisch und sie sprachen so unbefangen miteinander, als würden sie sich schon lange kennen. Es ist jedoch leichter, herunter- als heraufzusteigen. Denn während Bettina in ihm nur den attraktiven jungen Mann und den Naturburschen sah, den sie so ungezwungen behandelte wie einen ihresgleichen, vergaß Matthias nicht, dass sie die Enkelin seines Jagdherrn war. Freilich, Matthias schmeichelte es nicht wenig, von diesem aufregend hübschen Geschöpf angehimmelt zu werden. Schließlich war er kein Heiliger! »Jetzt müssen wir ein bissel leise sein«, flüsterte er, als sie sich nun dem Hirschbach näherten. »Ich zeige Ihnen den Rehbock, den ich für den …« Er brach ab und deutete nach vorn.

Das Bild, das sich – vom Blattwerk des Unterholzes eingerahmt – bot, mutete fast unwirklich an. Auf einem schmalen Wiesenstreifen am Bachufer, stand ein Rehbock wie in Stein gemeißelt, von aufsteigenden Nebenschleiern umwoben.

Plötzlich bedeutete Bettina, dass sie das Gewehr haben und offenbar auf das Wild anlegen wollte. Auf Matthias' betroffenes Zurückweisen zischte sie befehlend: »Geben Sie schon her!«

Zum Glück machte der Bock im selbem Moment einen Satz über den Bach hinweg und verschwand im Gebüsch.

Jagdfieber glitzerte in ihren grauen Augen, als sie ihn zurechtwies: »Das hätten Sie nicht tun dürfen!«

»Was? Was hätte ich nicht tun dürfen, Baroness?«, kam es überraschend kühl von Matthias zurück. Und damit war für ihn wieder alles im Lot. »Soviel ich weiß, haben Sie keine Jagdprüfung …«

»Dies ist immerhin das Revier meines Großvaters«, wandte sie vorschnell ein. Als sie merkte, dass ihn das nicht sonderlich beeindruckte, fügte sie schmeichelnd hinzu: »Halten Sie sich immer so streng an die Regeln?«

Sein Ärger verflog. Schmunzelnd meinte er daraufhin: »Im Dienst, ja!«

»Dann ist ja noch Hoffnung«, hielt sie ihm viel sagend und mit einem verführerischen Lächeln entgegen. Vielleicht gestaltete sich dieser kurze Abstecher hierher doch noch ganz aufregend!

Doch Matthias war auf der Hut. Dieses Mädchen konnte ihm gefährlich werden. Ein Narr, wer mit offenen Augen ins Feuer rennt!

»Müssten sie nicht längst daheim sein, Großvater?« Everls vor Eifersucht überhitzte Phantasie gaukelte ihr quälende Bilder vor. Sie sah Matthias bereits in Bettinas Armen. Für sie stand fest: Nie würde sie ihm das verzeihen können! Ob er das auch wusste?

»Nun sei mal nicht so aufgeregt, sie werden bestimmt bald hier sein«, tröstete der alte Förster.

Dann hörte man endlich Schritte auf dem Kiesweg, gleich darauf Stimmen, die sich lebhaft unterhielten. Als die beiden ungeduldig Erwarteten in die behagliche Jagdstube eintraten, begann Fräulein von Siemsen auch schon entschieden: »Herr Förster, ich möchte den jungen Rehbock mit nach Hause nehmen. In unserem Park ...«

Da wandte Matthias vorschnell, jedoch sichtlich hilflos ein: »Grad jetzt war der Maxl wieder da und wollte ...«

»Der Maxl! Ihn mitnehmen! In die Stadt! Nein, Großvater, das darfst doch nicht zulassen!«, entfuhr es Everl empört.

Deutlich in die Enge getrieben, brachte der Alte verwirrt hervor: »Ja ... na ... da wird schon auch der Herr Baron was dagegen haben ...«

»Das lassen Sie ruhig meine Sorge sein! Und was macht das für einen Unterschied, ob ein zahmer Rehbock hier oder bei uns im Park herumläuft«, konterte Bettina unnachgiebig.

»Das allein ist es doch nicht«, hielt ihr der Förster entgegen. »So ein halbzahmer Bock kann angriffslustig werden und dann muss man ihn umbringen, bloß weil der Mensch so unvernünftig ist und aus Tieren Spielzeuge machte, obwohl sie in die Natur gehören.«

»Ach was, Sie sehen das zu eng. Ich werde den niedlichen kleinen Kerl mitnehmen; er wird es gut bei uns haben. Es kann doch nicht schwierig sein, ihn anzulocken und einzufangen! Einen Tierarzt wird es hier wohl auch geben, der ihm ein Beruhigungsmittel verabreicht, so dass ich ihn in einer Kiste transportieren kann. So lange dauert die Fahrt bis Düsseldorf ja auch nicht. Sie ließ keinen Zweifel daran, dass sie fest entschlossen war, das Tier mitzunehmen. Es waren zum einen die Tatsache, dass sie die Enkelin des Jagdbesitzers war und zum anderen ihr entschlossenes Auftreten, das die Leute aus dem Forsthaus verunsicherte und weshalb sie Bettinas Ansinnen nicht rundheraus ablehnten.

Bettina ließ ihnen gar nicht länger Zeit, weitere Einwände vorzubringen. Außerdem war da ja auch noch der Jäger, den sie, wie sie glaubte, sicher auf ihrer Seite wusste. Er würde ihr gewiss beistehen.

Genau das war es, was Everl schier zur Weißglut brachte und ihre Eifersucht bis zum Siedepunkt schürte. Die Blicke, die sie Matthias zuwarf, prallten an ihm ab; er schien sie nicht einmal mehr wahrzunehmen. In Wahrheit jedoch wurde er von zwiespältigen Gefühlen hin und her gerissen.

Er wollte Everl nicht verletzen, wagte aber auch nicht, hauptsächlich aus Sorge um seine berufliche Zukunft, der Baroness zu widersprechen. Er verwünschte den Maxl, der ihn in diese Zwickmühle gebracht hatte.

Bettina von Siemsen ließ sich von ihrem Vorhaben nicht abbringen. Sie, die Enkelin des Jagdbesitzers, ordnete sogar an, dass Matthias sie nach Düsseldorf zu begleiten hatte, ihr beim Transport des Rehbocks behilflich sein musste. Wer weiß, vielleicht gelang es ihr doch noch, ihn aus seiner Reserve zu locken?

Und dann war alles ganz einfach und viel zu schnell vor sich gegangen. Völlig arglos war das junge Böckchen in die Falle, einen leer stehenden, ehemaligen Hundezwinger, in dem es früher untergebracht war, hineingetappt.

An diesem Morgen, die Baroness wollte noch heute mit ihrer »Beute« abreisen, schwammen Everls Augen ständig in Tränen, wischte und schluckte sie fortwährend, ohne dass ein Wort des Protestes über ihre Lippen gekommen wäre. Auch sie schien die Ohnmacht und Hilflosigkeit der Stärkeren gegenüber einzusehen.

Der alte Förster ging seiner Enkelin aus dem Weg, ebenso Matthias. Sie konnten wohl den stummen Vorwurf nicht ertragen. Es ging jedoch letztlich um ihrer aller Existenz, ob das nun Everl wahrhaben wollte oder nicht. Mit einer von Siemsen legte man sich nicht an! Nicht wegen eines Rehbocks.

Doch in Everls Brust tobte ein wilder Aufruhr. Nein, kampflos wollte sie weder Matthias noch den Maxl hergeben. Und plötzlich wusste sie, was sie zu tun hatte. Es ging alles so blitzschnell, dass ihr gar keine Zeit blieb, an die Folgen ihres verwegenen Vorhabens zu denken.

Matthias war im Schuppen damit beschäftigt, eine Kiste mit Heu und Decken auszupolstern, während Bettina versuchte, sich durchs Gitter mit dem Rehbock anzufreunden, als Everl mit einem entschlossenen »Gehen Sie weg da!« auf sie zugestürmt kam. Bettina stieß einen spitzen Schrei aus, den Blick entsetzt auf das Gewehr in den Händen des jungen Mädchens gerichtet und erstarrte angstvoll – offenbar ihr jähes Ende erwartend.

Ohne sich jedoch weiter um ihre Widersacherin zu kümmern, war Everl bereits im Zwinger, versuchte, den nun völlig verstörten Maxl aus dem offen stehenden Türchen zu scheuchen.

Gerade als Matthias, von Bettinas Schrei angelockt, um die Hausecke bog, auch der alte Rackl-Kaspar auf dem Plan erschien, schoss der Bock wie ein Pfeil aus dem Gehege. Dann gab es einen ohrenbetäubenden Knall aus der Schrotflinte, der den Maxl zu panischer Flucht antrieb, so dass er im nächsten Augenblick auch schon zwischen den Bäumen verschwunden war.

»Was fällt dir ein! Auf den Bock zu schießen!«, kam es tonlos vom Förster, der auf seine Enkelin zuhastete.

»Ach, woher denn, Großvater«, entgegnete Everl mit bestürzender Gelassenheit. »Bloß einen Schreck hab ich ihm einjagen wollen, dem dummen Kerl, damit er sich nicht mehr hertraut. Hätte ich sonst mit Schrot geschossen? Ich hoffe, er hat ein paar Spritzer erwischt, dass er sichs auch gewiss merkt!« Sich an Bettina wendend, fügte sie hinzu: »So, Fräulein von Siemsen, und jetzt können Sie Ihrem Herrn Großvater sagen, dass er mich – aber bittschön bloß mich allein – vor die Tür ...«

Da brach Bettina in ein, wenn auch etwas nervöses Lachen aus, ehe sie spontan erklärte: »Ich werde den Teufel tun! Gott, haben Sie mir einen Schreck eingejagt! Aber zugegeben, einen heilsamen!«

Inzwischen war Matthias zu Everl geeilt, nahm ihr die Flinte aus der Hand und gab mit befreitem Aufatmen zu: »Das wär eigentlich meine Sache gewesen. Ich hoffe, du kannst mir verzeihen?«

Wie nachhaltig sie ihm verzieh, verrieten ihre ungenierte, besitzergreifende Umarmung und der lange Kuss.

Nun ja, es stimmt eben doch, wenn es heißt: Man kann nicht alles haben! Sich mit einem etwas resignierenden Achselzucken abwendend, meinte Bettina: »Kommen Sie, Herr Förster, holen wir mein Gepäck! Es wird Zeit für mich. Und machen Sie

Ihrer Enkelin keine Vorhaltungen. Man kann ihr gratulieren zu ihrem Mut. Und nicht nur dazu.«

Zur selben Zeit stand der Maxl irgendwo im Dickicht, weit weg vom Forsthaus, in dem ihm unverständlicherweise plötzlich so übel mitgespielt worden war. Seine schlanken Flanken zitterten jetzt noch, während er verstört mit nervös spielenden Lauschern hinter sich horchte. Dieser Knall, der ihn so fürchterlich erschreckt hatte, hatte ihn auch von seiner Naschsucht kuriert, die ihn immer wieder zu diesen Zweibeinern gezogen hatte. Doch damit war nun endgültig Schluss. Und er konnte sehr nachtragend sein.

Der Weibsteufel

Es war keine erholsame Urlaubsfahrt, diese Reise in die Vergangenheit – auf den Spuren eines Verschollenen, vielleicht eines Toten.

Doch für Kathrin Mehringer, mit dreiundzwanzig Jahren noch eine sehr junge Frau, gab es keine Zukunft, ehe es ihr nicht gelang, die Vergangenheit zu bewältigen. Nicht dass sie gehofft hat, den verschollenen Aufleger-Tobias zu finden. Sie war zu realistisch, um sich derlei Hirngespinsten hinzugeben. Doch vielleicht gelang es ihr, endlich herauszufinden, was für ein Mensch er wirklich gewesen war. Und vielleicht gelang es ihr auch, sich von ihm freizumachen. Er war ihre erste große Liebe gewesen.

Für Kathrin, die aus dem Niederbayrischen, dem fruchtbaren, ebenen Gäuboden stammte, waren die steil aufstrebenden Gipfel etwas Fremdes, fast Bedrohliches. Und ebenso fremd wirkte auf sie der harte, verschlossene Menschenschlag, der in dieser Landschaft lebte.

Viel war es nicht, was sie bisher in Erfahrung gebracht hatte. Ja, an den jungen Burschen, der vor zwei Jahren übers Gebirge hinüber nach Tirol gewollt hatte, erinnerte man sich noch. Schon deshalb, weil seinetwegen große Unruhe ins Tal gekommen war, weil Polizisten und Kriminalbeamte die Leute aufgeschreckt und die Gegend abgesucht hatten. Nein, etwas Genaueres konnte man ihr heute auch nicht mehr sagen.

Was Kathrin immer noch weitertrieb, waren ihr zäher Wille und wohl auch das unangenehme Gefühl, so ganz unverrichteter Dinge heimzukommen und Thomas gegenüberzutreten.

Thomas hatte versucht, sie von dieser Reise abzuhalten, wobei Eifersucht auf seinen verschollenen Bruder sicher eine Rolle gespielt hatte. Nur widerwillig hatte er sich überzeugen lassen, wie notwendig für sie persönlich diese Reise in die Vergangenheit war.

Trotz der drückenden Hitze, des schweren, ungewohnten Rucksacks, glitt bei den Gedanken an Thomas ein Lächeln über Kathrins gerötetes Gesicht. Sie wusste, dass er sich sorgte und – dass er auf sie wartete. Aber ob wirklich er es sein würde, zu dem sie heimkam, war noch ganz und gar ungewiss.

So merkwürdig es auch war: Die äußerliche Ähnlichkeit der beiden Brüder, man hätte sie trotz des Altersunterschiedes für Zwillinge halten können, machte es ihr nur noch schwerer, sich zu entscheiden. Immer wenn sie Thomas' hoch gewachsene, schlaksige Gestalt vor sich sah, sein scharf geschnittenes Gesicht mit dem markanten Kinn, die graublauen Augen – dann erschrak sie. Wie sollte es ihr gelingen, den Tobi zu vergessen? Oder wie sollte sie je herausfinden, ob es nicht doch er war, den sie im Thomas suchte?

Freilich, die Ähnlichkeit beschränkte sich nur auf das Äußere, denn charakterlich waren sie grundverschieden gewesen. Thomas hatte gar nichts von der leichtlebigen, ungezwungenen Art seines Bruders. Er war eher ein verschlossener Mensch, während Tobias sein Herz stets auf der Zunge getragen hatte.

Endlich erreichte Kathrin, die schon so lange unterwegs war, das winzige Bergbauern-Nest, die letzte geschlossene Ortschaft in dieser rauen Höhe. Um die kleine Kirche und den Friedhof scharten sich etliche Höfe, kleine Bergbauern-Anwesen, das Wirtshaus, ein kleiner Laden.

Auf den wenigen Tischen und Stühlen, die unter den schattigen Kastanien des Wirtsgartens standen, verriet Hühner- und Vogelmist, dass sich jetzt, mitten in der Heuernte, niemand die Zeit zum Niedersitzen und Ausrasten nahm.

In der Gaststube, mit der niedrigen, verräucherten Balkendecke, dem mächtigen Kachelofen in der Ecke, war es so still, dass man das Surren der Fliegen an den Fensterscheiben hörte.

Kathrin stellte soeben ihren Rucksack auf einen Stuhl, als die Kellnerin, eine derbe Person, zur Tür hereingepoltert kam. Sie schien über die Anwesenheit eines Gastes ehrlich erstaunt zu sein. »Jessas, wo kommen denn Sie her? Grüß Gott!« Sie musterte das schlanke Mädchen in dem bunten Sommerdirndl mit unverhohlener Neugier.

»Direkt von der Straße herauf«, erwiderte Kathrin. Mit einem freundlichen Lächeln fragte sie: »Kann ich bei Ihnen ein Zimmer haben?«

Das Pferdegesicht der Kellnerin wurde noch um einiges länger. »Ein Zimmer? Bei uns? Für wie lange denn? Wissen Sie, Fräulein, darauf sind wir nicht gut eingerichtet.«

»Ich will ja nicht lange hier bleiben, nur übernachten«, antwortete Kathrin. »Haben Sie etwas zu essen da?«

Die Kellnerin bejahte mit plötzlicher Geschäftigkeit. Während sie mit dem fleckigen Serviertuch nicht vorhandene Brösel vom Tisch wischte, zählte sie die bescheidene Auswahl an Speisen auf und schloss mit einem doch recht wohlmeinenden »Unser Schweinsbraten mit Knödel wird recht gern gegessen.«

Kathrin wollte nichts Warmes bei dieser Hitze und bestellte kalten Braten und eine Radlermaß.

Inzwischen hatte sich das Fenster an der Durchreiche zur Küche lautlos aufgeschoben, und auch die Wirtin besah sich diesen Gast neugierig. Ebenso lautlos wie es aufgetaucht war, verschwand das hagere, scharfnasige Gesicht wieder.

Mit dem kalten Braten kam auch die Nachricht, dass Kathrin bleiben konnte, dass man ihr ein Zimmer herrichtete. Kathrin war froh, denn sie brannte darauf, etwas über Tobi zu erfahren. Nur sehr mitteilsam schienen ihr die Leute hier nicht zu sein. Aber inzwischen war sie klüger geworden, wusste, dass sie ihre Fragen vorsichtiger stellen musste und nicht gleich mit der Tür ins Haus fallen durfte, wenn sie Näheres erfahren wollte.

Als man ihr das Zimmer zeigte, erfasste sie ein fast körperliches Unbehagen. Ob auch Tobi in dieser ungemütlichen Kammer übernachtet hatte?

»Wissen Sie, Fräulein, um diese Zeit sind alle auf dem Feld bei der Heuernte, da macht der Wirt kein Geschäft«, erklärte die Kellnerin. »Es geht kaum einer ins Wirtshaus, solange das schöne Wetter anhält.«

»Kommen keine Urlauber herauf?«, wollte Kathrin wissen.

Die robust und handfest aussehende Kuni winkte ab. »Wir sind auch gar nicht scharf drauf. Fremde, Touristen bringen nur Unruhe mit sich und stellen große Anspüche. Ein paar Bergsteiger, ja, oder Einheimische, die über die Grenze wollen, die kommen ab und zu vorbei. Übernachtungen haben wir so gut wie keine.« Sie beugte sich vertraulich zu Kathrin hinunter: »Gell, Sie sind nicht aus unserer Gegend? Man hört es an Ihrer Sprache, dass Sie …«

»Ich bin im Niederbayrischen daheim. Ich möchte gern über die Grenze nach Tirol.«

»Da gäbe es aber einen bequemeren Weg, als ausgerechnet über die Berge«, sagte die Kellnerin etwas verdutzt. »Hoffentlich sind Sie geübt im Bergsteigen.«

Kathrin bejahte nicht ganz wahrheitsgemäß und fügte mit gespielter Selbstsicherheit hinzu: »So gefährlich wird es schon nicht sein. Man muss sich halt an den markierten Steig halten und darf von der Route nicht abkommen, dann kann nichts passieren.«

»Da sind Sie aber sauber auf dem Holzweg, Fräulein! Wenn da droben ein Wettersturz kommt oder Nebel aufzieht, dann gute Nacht! Dann wissen Sie nicht mehr, gehen Sie bergauf oder bergab. Da hat es schon erfahrene Bergsteiger erwischt.«

»Ist das wahr?« Zweifel schwang in Kathrins Stimme mit. Sie glaubte das Gespräch in die richtige Bahn gelenkt zu haben, wartete mit aufgeregt klopfendem Herzen.

»Freilich ist das wahr. Und es ist noch gar nicht so lange her, dass einer verschwunden ist. Ein Fremder. Sogar die Kripo ist dagewesen und hat jeden verhört, aber herausgekommen ist nichts.«

Nur mit Mühe gelang es Kathrin, das Zittern ihrer Hände zu verbergen, etwas Festigkeit in ihre Stimme zu legen, als sie fragte: »Wann war das denn?«

»An die zwei Jahre mag es her sein, da ist so ein aufschneiderischer Windbeutel zu uns gekommen und hat sich wichtig gemacht, dass er allein über die Grenze geht. Dass er auf einen Bergführer verzichten kann, weil einer aus dem Unterland genau so viel Schneid hat, wie ein Gebirgler. Ja, Fräulein aber die Geschichte ist grausig ausgegangen, denn man hat nie mehr was von ihm gehört.«

Kathrin brachte ein verstörtes »Nein, so was!« zustande. Sie empfand es fast als kränkend, dass man Tobias, der doch nur lustig und unbeschwert gewesen war, als Aufschneider hinstellte.

Doch schon berichtete die Kuni weiter: »Weil er der Sohn von einem reichen Brauereibesitzer war, der mit viel Geld unterwegs gewesen ist, hat man natürlich gleich von Mord und Totschlag geredet. Reiche Leute glauben halt allweil, dass es jeder auf ihr Geld abgesehen hat. Dem sein Vater hat es halt nicht wahrhaben wollen, dass sein Sohn aus lauter Dummheit ins Gras hat beißen müssen und darum hat er gleich die Polizei geholt.«

Indes war die Wirtin hereingeschlurft, eine dürre Frau in einer speckigen Schürze, das graue, strähnige Haar zu einem festen Knoten zusammengezurrt. Mit scharfer Stimme mischte sie sich in das Gespräch, das sie belauscht haben musste. »Mir hat damals die ganze Aufregung schon gereicht, ich will davon nichts mehr hören!« Sie warf Kathrin einen viel sagenden und zugleich giftigen Blick zu.

»Ich habe dem Fräulein nur erklärt, dass der Weg über die Berge nicht ungefährlich ist«, verteidigte die Kuni sich maulend.

»Wenn das Fräulein hinüber will, dann soll sie es halt probieren«, sagte sie abweisend. »Jetzt soll das Bergsteigen ja auch bei den Frauen schon üblich sein!«

Kathrin fasste sich ein Herz und fragte, zur schmuddeligen Wirtin gewandt: »Sie scheinen vom Bergsteigen nicht viel zu halten?«

Ziemlich grob kam es zurück: »Wenn der Herrgott wollen hätte, dass jemand auf den Bergen umeinanderkraxelt, dann tät's bei uns auch Affen geben.« In ihren klobigen Filzpantoffeln polterte sie aus der Gaststube.

»Besonders freundlich ist sie ja nicht«, sagte Kathrin verwirrt.

Nach kurzem Zögern erklärte die Kuni leise und hastig: »Sie mag keine Fremden. Sie hat es noch nicht überwunden, dass ihre einzige Tochter vor einem Jahr auf und davon ist.«

»Warum ist sie denn fort?«, fragte Kathrin überrascht.

Mit einem Achselzucken meinte die Kellnerin: »Schauen Sie sich doch einmal genauer um! Es ist kein Wunder, dass es ein junges Mädl hier nicht aushalten kann. Noch dazu mit ihr.« Kuni wies mit dem Kinn über die Schulter zur Küche. »Jetzt ist ihr alles zuwider, was aus der Fremde kommt.« Sie dämpfte die Stimme zu einem Flüstern als sie fortfuhr: »Auf den jungen Burschen, der damals verschollen ist, hat sie heute noch einen Hass. Er hat halt mit seinen Sprüchen und seiner Aufschneiderei der Loni den Kopf verdreht.«

Kathrin hatte plötzlich das Gefühl, den Boden unter den Füßen zu verlieren. Doch sofort nahm sie sich zusammen. Sie musste schließlich nicht glauben, was die Kuni ihr vorschwatzte, die sich vor lauter Langeweile nur wichtig machen wollte.

»Das war damals vielleicht eine Aufregung, wie die Kripo und die Polizisten gekommen sind«, berichtete die Kuni bereitwillig weiter. »Aber ich hab es ja gleich gesagt, dass die Sache im Sand verläuft. Bei uns wird keiner umgebracht, auch wenn er sich noch so unbeliebt macht. Bei uns sind die Leute zwar arm, aber ehrlich.«

»Wieso hat er sich denn so unbeliebt gemacht?«

»Sie sind gut!«, tat die Kuni verwundert. »Kein Bergbauer, der sich redlich abschinden muss, hört es gern, wenn einer daherkommt und ihn schlicht als armen Schlucker hinstellt, der es nur nicht richtig anpackt, um seinen Vorteil wahrzunehmen. Als ihm dann keiner mehr zuhören wollte, ist er mit Freibier aufgefahren. Aber selbst unser Bier ist ihm, dem Sohn eines Brauereibesitzers, nicht gut genug gewesen.«

Kathrin gefiel immer weniger, was sie da zu hören bekam. Aber immer noch zweifelnd wandte sie vorsichtig ein: »Wieso haben sie sein Freibier getrunken, wenn er ihnen so unsympathisch gewesen ist?«

»Ein paar sind ja auch fort, aber die meisten wollten sich halt doch die Gelegenheit nicht entgehen lassen. Wie gesagt, Fräulein, bei uns sind die Bauern nicht reich, fürs Biertrinken bleibt da nicht viel übrig.«

Die schrille Stimme der Wirtin, die ihre Kellnerin in die Küche befahl, schreckte sie auf. War es denn wirklich notwendig, dass sie noch länger blieb? Was hielt sie denn hier? Warum sollte sie sich das Bild zerstören lassen, das sie sich von Tobias bewahrt hatte? Sie hatte ihn bisher nur mit den Augen der Liebe gesehen. Doch jetzt begann der Glorienschein, mit dem sie ihn umgeben hatte, zu verblassen.

Als die Kuni zurückkam, war es vorbei mit ihrer Gesprächigkeit. Es war unschwer zu erraten, wer schuld daran war. Obgleich Kathrin noch ein paarmal versuchte, das Gespräch auf den Verschollenen zu bringen, bekam sie nur noch unzureichende, ausweichende Antworten.

Kathrin stand am Fenster der kleinen Kammer, blickte hinauf zum sternenklaren Nachthimmel, der ihr nie ferner und abweisender erschienen war. Es ging bereits auf Mitternacht zu, doch sie konnte keinen Schlaf finden. Zu vieles ging ihr im Kopf herum. Sie hätte allzugern mehr darüber erfahren, worüber die Kuni nur Andeutungen gemacht hatte. Hatte Tobi der Wirtstochter mit Absicht den Kopf verdreht? Hatte dieses Mädchen ernstlich gehofft, ihn wieder zu sehen?

Jetzt ging ihr auch jener andere hässliche Verdacht nicht mehr aus dem Kopf, den sie bisher stets von sich gewiesen hatte. Nie hatte sie es geglaubt, wenn jemand mehr oder minder versteckt behauptete, sie sei nicht die einzige, für die der Tobias Aufleger sich interessierte. Boshaftes, eifersüchtiges Geschwätz, hatte sie gedacht. Sie war mit dem Tobias verlobt gewesen, sogar der Hochzeitstermin hatte schon festgestanden.

Nur wenige Wochen vor Tobias' Reise war wieder so ein Gemunkel zu ihr gedrungen. Man hatte versucht, ihm ein Verhältnis mit der Marlies Pirkl, einer verheirateten Frau, anzudichten. Obgleich Marlies bildschön war, hatte Kathrin diesem Gerücht keinerlei Glauben geschenkt. Ausgerechnet ihr Tobi und eine verheiratete Frau!

Und dann hatte sein Vater ihn ganz plötzlich auf diese Reise geschickt. Er sollte in Tirol wertvolles Zuchtvieh kaufen.

Wenn sie jetzt genauer darüber nachdachte, musste sie zugeben, dass vielleicht doch etwas daran gewesen war, als es hieß, der alte Aufleger-Bräu habe dadurch einen Skandal vermeinden wollen. War es wirklich so gewesen oder glaubte sie diesen Gerüchten erst jetzt, auf das vage Geschwätz der Kuni hin?

Kathrin wusste nicht mehr, was sie glauben und woran sie sich halten sollte. Warum war sie nur zu dieser Reise ins Ungewisse aufgebrochen? Warum hatte sie nicht alles einfach auf sich beruhen lassen und vergessen können?

Thomas! Er liebte sie, wartete darauf, dass sie ihn heiratete. Er wusste, weshalb sie noch nicht ja gesagt hatte, und noch immer hatte er Geduld mit ihr. Warum hatte er ihr die Augen nie geöffnet? Er, als Tobias' Bruder, musste doch die Wahrheit wissen! Was also lag näher, als dass er ihr alles erzählte.

Wie dumm von ihr, diesen Gedanken überhaupt zu erwägen oder zu Ende zu denken. Gerade von Thomas würde sie nie ein abfälliges Wort über seinen Bruder hören. Er würde schweigen, selbst auf die Gefahr hin, dass der Schatten seines Bruders ihn für immer von ihr trennte.

Auf Kathrins Gesicht erschien ein weiches Lächeln. Sie wurde ruhiger und spürte, wie alles, was Tobias betraf, an Bedeutung verlor, nicht mehr so wichtig war.

Ganz spontan fasste sie den Entschluss: Ich kehre um! Ich möchte nach Hause zu Thomas! Und sogar das Sternengefunkel erschien ihr plötzlich nicht mehr kalt und abweisend, sondern geradezu warm und tröstlich.

Schon in aller Hergottsfrühe erschien Kathrin mit dem gepackten Rucksack in der Gaststube. Noch immer war sie fest entschlossen, die Vergangenheit ruhen zu lassen, dieser rauen Gegend und ihren verschlossenen, argwöhnischen Bewohnern den Rücken zu kehren und sich auf den Heimweg zu machen.

Trotz der frühen Stunde war die Dorfstraße schon sehr belebt. Auch aus der Küche hörte man das Scheppern von Geschirr, das Hin und Her von Schritten.

Noch während Kathrin überlegte, ob man sie gehört habe oder ob sie sich bemerkbar machen sollte, kam die Kuni mit dem Frühstück herein. Die bärbeißige Wirtin ließ sich noch nicht sehen, obwohl man sie in der Küche herumwirtschaften hörte.

Als Kathrin dann zahlte, beugte sich die Kuni plötzlich zu ihr und flüsterte ihr hastig zu: »Droben auf der Brünndlalm, bei der Dirnhofer-Nanni, da erfahren Sie mehr!« Laut setzte sie hinzu: »Ich danke schön! Behüt Gott, Fräulein, und guten Weg.«

Kathrin nahm den Rucksack, schulterte ihn und trat hinaus in den strahlend schönen Sommermorgen. Die kurze Andeutung der Kuni hatte genügt, sie von ihrem Vorsatz abzubringen, alles zu vergessen und nach Hause zu fahren. Plötzlich gab es für sie nichts Wichtigeres, als die Brünndlalm zu finden und die Dirnhofer-Nanni aufzuspüren.

Es war ein langer Aufstieg bis zur Brünndlalm, ein beschwerlicher Weg, den sie jedoch nicht verfehlen konnte.

Nachdem sie das Bauerndörfl hinter sich gelassen hatte, gab es kein Gehöft mehr, es ging nur noch bergauf. Endlich hatte sie das Gefühl, wirklich auf Tobias' Spur zu sein, bald ein Zipfelchen Wahrheit fassen zu können.

Mittag war vorbei, als sie die Baumgrenze hinter sich ließ und die breite sattgrüne Mulde des Almfeldes sich vor ihr auftat, in der tief geduckt die Almhütte lag. Dahinter, so weit das Auge reichte, nur noch steil aufstrebende Felsrücken, deren Zinnen und Grate in den enzianblauen Himmel stießen. Es erschien ihr unvorstellbar, dass es einem Menschen möglich sein sollte, dieses gewaltige Steinmassiv zu überqueren, dort hinaufzukommen, wo die schrundigen Grate wie ausgebleichte Knochen im gleißenden Sonnenschein schimmerten.

Rauch kräuselte sich aus dem Schornstein der Hütte, zerfloss in der glasklaren Luft. Friedlich weidend zog das Vieh über das Almfeld, begleitet vom sanften, melodischen Klang der Herdenglocken.

Sorgfältig schloss Kathrin das Gatter hinter sich, dann stieg sie die Mulde hinauf, über den dichten Teppich aus saftigen Gräsern und Bergblumen, vorbei an Almrauschbüschen, an denen unzählige leuchtend rote Blütenglöckchen hingen.

Gerade trat ein junges Mädchen aus der Almhütte. Sie war mittelgroß und schlank, fast zierlich. Das Sonnenlicht ließ ihr helles Haar wie eine Goldkrone aufleuchten.

Das Mädchen erblickte Kathrin, lächelte und kam ihr rasch entgegen. Freudestrahlend und mit einer natürlichen Ungezwungenheit rief es: »Ist das eine Überraschung, dass sich endlich wieder jemand da herauf verirrt! Grüß Gott! Wo geht es denn hin?«

Kathrin war von diesem netten und zudem bildhübschen Mädchen sofort angetan. Sie erwiderte den Gruß und fragte: »Sind Sie die Sennerin?«

»Herrjeh, du bist aber zum ersten Mal auf einer Alm«, antwortete gutmütig spottend das Mädchen, denn sonst wüsstest du, dass hier keiner ›Sie‹ sagt. Ich bin die Dirnhofer-Nanni, die Sennerin von der Brünndlalm. Wenn du willst, kannst gern bei mir einkehren. Und eine Schlafstatt kriegst bei mir auch, denn ich freue mich, wenn jemand bei mir logiert. Oder willst heute noch hinauf, zur Tiroler-Mena?«

Sehr erleichtert über die Herzlichkeit, nannte Kathrin ihren Namen, gab aber nur ungenaue Auskunft darüber, woher sie kam. Sie verriet nur, dass sie die Berge kennen lernen wollte.

»Da bist ja schon mittendrin.« Die Nanni lachte und ging voran zu der lang gestreckten, aus festen Steinen gemauerten Hütte mit den winzigen Fensterchen und dem angebauten Stall.

»Ich habe noch nie eine Sennhütte von innen gesehen«, sagte Kathrin, als sie sich in der kleinen Stube umschaute, die gleichzeitig als Küche diente. Alles hier war einfach, die wenigen Möbel klobig, aber alles war blitzblank geputzt.

»Setz dich nur hin und ruh dich aus«, sagte die Nanni freundlich. »Ich richte dir eine Brotzeit.«

Während Kathrin sich hinter dem Tisch auf die Bank schob, die sich um den Herrgottswinkel zog, hantierte die Nanni wieselflink herum.

»Gemütlich hast es hier, Nanni. Bist du schon lange Sennerin?«

»Jetzt schon den dritten Almsommer«, antwortete das Mädchen bereitwillig. »Die Alm gehört zu unserem Hof. Als wir damals keine Sennerin mehr aufgetrieben haben, hat der Vater mich heraufgeschickt.«

»Ist es nicht ziemlich einsam so allein auf der Alm? Machst du die Arbeit ganz allein?«

»Mit der Arbeit ist es nimmer schlimm, seit wir nur noch Jungvieh hier oben haben. Da muss man nur aufpassen, dass sich keines versteigt und dass alle in den Stall kommen, wenn ein Gewitter aufzieht.«

»Wo hast denn dann die Milch her?«, fragte Kathrin überrascht und wies auf den Krug, den die junge Sennerin auf den Tisch stellte.

»Damit wir für uns selber, vor allem für den Tonerl, frische Milch haben, hat uns der Vater eine alte Milchkuh mitgegeben«, erklärte die Nanni und schob Kathrin ein Holzbrett mit Brot, Butter und Geräuchertem hin.

»Dann bist also doch nicht allein hier oben?«

»Meinen Buben habe ich dabei, ohne ihn wäre ich nicht heraufgegangen«, gab das junge Mädchen bereitwillig zu. Mit einem Schmunzeln fuhr sie fort: »Viel Ansprache habe ich aber deswegen nicht, denn er ist erst ein gutes Jahr alt.«

Kathrin konnte ihre Verblüffung nicht verbergen und fragte: »Ja bist denn du auch verheiratet?« Jetzt wurde die Nanni doch etwas verlegen, als sie den Kopf schüttelte. »Zuerst hab ich natürlich keine große Freude dran gehabt, wie sich leicht denken lässt«, sagte sie. »Und erst der Vater – meine Mutter ist schon vor sechs Jahren gestorben. Er hat getan, wie wenn die Welt gleich untergehen würde, hat sich wegen der Schand fast nimmer unter die Leute getraut. Aber seit der Tonerl auf der Welt ist, hat er die größte Freude mit dem Buben und sagt jetzt schon, dass er einmal Bauer wird auf dem Dirnhoferanwesen. Ich bin nämlich die einzige daheim, habe keine Geschwister.«

»Was sagt denn der Vater vom Tonerl dazu?« Kathrin hatte diese Frage völlig arglos gestellt, merkte jedoch sofort die Veränderung, die mit dem Mädchen vor sich ging. Schon bereute sie ihre neugierige Frage.

Trauer und eine tiefe Niedergeschlagenheit schwangen in Nannis Stimme, als sie ohne zu zögern, mit großer Offenheit antwortete: »Der Vater lebt nicht mehr. Er ist in den Bergen verunglückt, man hat ihn nie gefunden.«

»Mein Gott, Nanni, das tut mir Leid«, sagte Kathrin mitfühlend. Plötzlich fragte sie: »Abgestürzt ist er? Man hat ihn nie gefunden, sagst du?« Eine heftige Erregung hatte sie erfasst, die sie kaum zu verbergen vermochte. Doch Nanni schien mit ihren Gedanken ganz woanders zu sein, schenkte ihrer Aufregung keine Aufmerksamkeit.

Es klang, als ob sie zu sich selber redete, als sie mit abgewandtem Blick hervorbrachte: »Er war nicht von hier. Wir haben nur ein paar Tage miteinander verbringen können, dann musste er fort über die Grenze zum Viehkaufen. Aber er wollte wiederkommen.« Hier versagte ihr die Stimme, sie sprach nicht weiter, fuhr sich mit dem Handrücken rasch über die Augen.

Wie erstarrt saß Kathrin da. Was sie eben erfahren hatte, hatte sie bis ins Innerste erschüttert und aufgewühlt. In ihr stritten Mitgefühl mit diesem jungen hintergangenen Mädchen und ein heißer Zorn auf Tobias' Gewissenlosigkeit gewann die Oberhand. Jetzt musste sie begreifen, dass er bei jeder Frau sein Glück versucht hatte.

Doch dieses Mädchen sollte ihm ein gutes Andenken bewahren und brauchte nicht zu wissen, dass es auf einen rücksichtslosen Verführer hereingefallen war. Denn was hätte das jetzt noch geändert? »Warum hast du dich denn nie an die Eltern des Burschen gewandt?«, fragte sie. »Sie hätten dir bestimmt geholfen!«

»Wie denn? Mit Geld vielleicht?«, kam es bitter zurück. Dann fuhr die Nanni fort: »Geld fehlt uns nicht, dem Tonerl und mir. Er wird einmal Dirnhofer werden, dann hat er den größten Hof im Tal.

Kathrin nahm sich vor, daheim zu erzählen, dass Tobias einen Sohn hatte, ein Kind, dem einige Ansprüche zustanden. Doch die Sorgen, die über eine angesehene Familie und über die freundliche junge Frau gebracht worden waren, ließen sich mit Geld nicht mehr aus der Welt schaffen.

Die Dirnhofer-Nanni schien froh zu sein, dass sie wieder einmal jemanden hatte, mit dem sie reden konnte. »Wenn ich doch nur geahnt hätte, dass er keine Bergerfahrung hat, dann hätte ich ihn noch weiter begleitet«, sagte sie. »Aber er war halt zu stolz, um das zuzugeben.«

Kathrin neigte dazu, Tobias vermeintlichen Stolz für Angeberei zu halten, hütete sich jedoch das laut zu sagen. »Du bist mit ihm gegangen? Wie weit? Wo ist denn das Unglück passiert?«, fragte sie interessiert.

»Wo er in die Irre gegangen ist, weiß man nicht, denn man hat ihn ja nie gefunden«, antwortete die Nanni traurig. »Bis zur Hütte von der roten Mena bin ich mitgegangen, dann bin ich umgekehrt. Von da an war er spurlos verschwunden, niemand hat ihn mehr gesehen.«

Ein Kind begann zu weinen und die Nanni sprang auf. »Der Tonerl ist wach geworden!«

Während die Dirnhofertochter sich mit ihrem Kind beschäftigte, hatte Kathrin Gelegenheit, das Gehörte zu überdenken. Was sie dabei am meisten überraschte war die Tatsache, dass es gar nicht mehr so weh tat, diesen endgültigen Beweis für Tobias' Untreue zu erhalten. Sie hatte sich innerlich bereits zu weit von ihm entfernt.

Als sie dann Tobias' Sohn sah, hatte sie Mühe, ihre Ergriffenheit zu verbergen, denn in dem kleinen, runden Kindergesicht, den blauen Augen, erkannte sie ihn wieder.

Sie nahm ihn auf den Schoß, drückte ihn an sich und wünschte sich, dass dieses Kind nicht so werden würde wie sein Vater. Lieber sollte er Thomas ähnlich sein. Einen besseren Wunsch konnte sie diesem Kind nicht mit auf seinen Lebensweg geben.

Kathrin beschloss Nannis freundliche Einladung anzunehmen und bei ihr in der Almhütte zu übernachten. »Und, weißt du was«, setzte sie hinzu, »wenn du schon einmal so weit oben bist, solltest du morgen zur roten Mena hinaufgehen. Da gibt's einen guten Roten und du hast eine Aussicht, die du dein Leben lang nicht vergisst.«

Es war eine kleine Almwirtschaft, die nur über den Sommer betrieben wurde. Hier kehrten Bergsteiger und Grenzbeamte von hüben und drüben ein, denn die Grenze verlief in unmittelbarer Nähe.

Es war ein mühsamer Aufstieg gewesen, doch Kathrin bereute es nicht, denn die Aussicht, die man von hier genoss, war ein Erlebnis. Gipfel, viele schneebedeckt, gezackte Grate und Schroffen, so weit das Auge reichte. Ein Panorama, das schön und beängstigend zugleich war.

Als Kathrin die winzige Gaststube in der Schutzhütte betrat, wurden soeben ein paar Grenzer von der Wirtin verabschiedet. Schon das dunkle, sinnliche Lachen dieser Frau, ihr kehliges Tirolerisch ließ sie aufhorchen. Aber vollends überwältigt war Kathrin bei ihrem Anblick.

Bisher hatte Kathrin erst eine Frau gesehen, die es an Schönheit mit dieser Wirtin aufnehmen konnte. Und das war Marlies Pirkl, deretwegen

Tobias von seinem Vater auf diese verhängnisvolle Reise geschickt worden war, wie Kathrin jetzt mit Sicherheit annehmen durfte. Die beiden Frauen sahen sich ungemein ähnlich, obgleich die Mena an die zehn Jahre älter, also Mitte dreißig sein mochte. Ihre Augen waren so grün wie das Schilf am Ufer eines Waldsees, das Haar war feuerrot. Ihre Haut erinnerte an milchkaffeebraunen Samt.

»Jesses, Madl, was starrst mich denn so an?«, fragte die Mena mit einem dunklen Lachen.

Kathrin stotterte eine Entschuldigung und gab zögernd zu: »Sie haben ziemliche Ähnlichkeit mit jemand ...«

»So was soll's öfter geben«, fiel Mena ihr ins Wort. Mit einem freundlichen, begütigendem Lächeln fuhr sie fort: »Bei uns sagt man du zueinander, das ist so der Brauch! Was willst du denn trinken? Einen Roten?«

Verlegen nickte Kathrin und setzte sich.

»Sakra, da hat sich ein ganz fesches Haserl zu uns herauf verlaufen!« Ein hoch gewachsener, rassig aussehender Bursche stellte ihren Wein auf den Tisch. Seinem Äußeren nach musste sie ihn, obwohl er dunkelhaarig war, für Menas Bruder halten.

»Ich bin der Gregor«, stellte er sich vor und nahm unaufgefordert an Kathrins Tisch Platz, musterte sie mit unverhohlener Bewunderung und fragte, woher sie käme.

Kathrin hatte inzwischen gelernt, ausweichende Antworten zu geben, ohne über sich selbst allzu viel zu verraten. Während sie sich mit ihm unterhielt, musste sie sich eingestehen, dass sie selten einen so gut aussehenden jungen Mann getroffen hatte. Was ihr jedoch an ihm missfiel, war seine lockere, allzu erfolgsgewohnte Art.

Er tat ganz so, als ob sie nur auf ihn gewartet hätte, und sie wollte ihm schon eine abweisende Antwort geben, als sie plötzlich etwas sah, das sie in höchste Erregung versetzte. Es gelang ihr kaum den Blick von dem Messer abzuwenden, das er in der kleinen Seitentasche seiner ledernen Bundhose trug. Sie war sich sicher, dass es Tobias' Messer war. Sie selbst hatte es ihm geschenkt. Der Griff war aus einem Rehfuß gearbeitet und auf dem silbernen Knauf mussten auch seine Initialen eingraviert sein. Ihr Lächeln wirkte ein wenig verzerrt, als sie sagte: »Ein schönes Messer! Woher hast du es denn? Darf ich es mir näher anschauen?«

»Das? Das habe ich von der Mena!« Er hatte mit seiner Antwort nur kurz gezögert, doch er gab ihr das Messer, dessen kurze, spitze Klinge, in einer Lederscheide steckte.

Sie hatte es gewusst! Es war Tobias' Messer! Das Monogramm »TA« schloss jeden Zweifel aus.

Während Kathrin das Messer noch in Händen hielt, kam Mena herein. »Darf's noch was sein?« Das klang kühl und abweisend.

Im Augenblick nicht, danke schön, ich möchte mich gern draußen ein bissel umsehen«, entgegnete Kathrin, während sie das Messer zurückgab. »Der Gregor will mir die Berge erklären.«

»So, will er das!« Mena konnte ihre Gereiztheit kaum noch verbergen, warf Gregor einen wütenden Blick zu.

Er hatte sich bereits erhoben, fasste Kathrins Arm und sagte herausfordernd zu Mena: »Was regst dich denn auf? Darfst übrigens ein Bett herrichten, die Kathrin bleibt heute hier oben!«

Weshalb sie nicht protestierte, hätte Kathrin nicht zu sagen vermocht, denn dass das der Wirtin nicht recht war, konnte man nicht übersehen. Mit Gregor verließ sie die Gaststube. Sie merkte kaum, wohin er sie führte, den unablässig hämmerte es in ihrem Gehirn: Woher haben sie Tobias' Messer?

Sie waren um eine Felsnase gebogen, hatten die Grenzhütte schon ein gutes Stück hinter sich gelassen, als ihm Kathrins Schweigsamkeit endlich auffiel. »Herrgott, du wirst dir doch nichts denken, weil die Mena eifersüchtig ist«, rief er lachend.

Bestürzt sah sie ihn an. »Eifersüchtig? Ist sie denn nicht deine Schwester?«

»Schön wär's!«, stieß er mit einem schiefen Grinsen hervor. »Wir sind miteinander verheiratet!«

Sie glaubte ihren Ohren nicht zu trauen. Diese zwar immer noch schöne und aufregende, aber doch alternde Frau und dieser junge Mann … Nein, es war unvorstellbar!

»Ich möchte umkehren!«, sagte sie mit plötzlicher Entschiedenheit.

»Warum denn? Sie beruhigt sich schon wieder.« Er griff zu, zog sie an sich und versuchte sie trotz ihrer heftigen Gegenwehr zu küssen.

Kathrin war selber darüber erstaunt, woher sie die Kaltblütigkeit nahm, doch während des Gerangels zog sie ihm das Messer aus der Tasche, verbarg es unter ihrer Jacke und dann versetzte sie ihm mit der Linken einen klatschenden Schlag ins Gesicht.

Das brachte auch den Gregor wieder zur Besinnung. Mit einem lauten Fluch griff er sich an die schmerzende Wange. »So viel musst dir auch nicht einbilden. Du bist ja überspannt.« Er wandte sich um und ging mit großen Schritten dem Latschenfeld zu.

Als Kathrin zur Hütte zurückkam, merkte sie, dass es zwischem dem ungleichen Paar eine Auseinandersetzung gegeben haben musste. Das Verhalten der beiden ihr gegenüber war nun völlig verändert. Während jetzt Mena überfreundlich war, verfolgte Gregor sie mit argwöhnischen Blicken.

Als er, gleich nachdem sie sich an den Tisch gesetzt und ihr Essen bestellt hatte, aus der Tür hastete, glaubte sie zu wissen, wohin er ging. Er vermisste sein Messer und wollte es suchen.

»Bis das Essen fertig ist, zeige ich dir dein Zimmer«, erbot sich Mena mit geradezu überschwenglicher Freundlichkeit und ließ dann ihren Gast in der winzigen Kammer allein.

Auf dem Rückweg in die Gaststube kam sie an einer nur angelehnten Tür vorbei. Einem plötzlichen Impuls folgend, schob sie sich in das fremde Zimmer. Es musste das Schlafzimmer des merkwürdigen Paares sein. Schon stand sie an der Kommode, wollte eine Schublade aufziehen, als sie wie elektrisiert zusammenfuhr.

Lautlos war Mena an der Tür aufgetaucht, sah sie aus schwarzen Augen forschend an.

»Ich hab mir nur euer Zimmer ansehen wollen«, brachte Kathrin tonlos hervor. »In so einer Almwirtschaft war ich noch nie.«

Menas Lippen verzogen sich zu einem unerwarteten Lächeln. »Ja, schau dich nur um! Größere Zimmer haben wir leider keine. Kommst dann zum Essen?« Sie ließ Kathrin wieder allein.

Plötzlich bekam Kathrin es mit der Angst. Natürlich hatte man sie durchschaut, wusste längst, was sie suchte, was sie aufspüren wollte. Was hatte man mit ihr vor? Weshalb ließ man sie gewähren? Warum diese plötzliche Freundlichkeit? Als sie ans Essen dachte, spürte sie keinen Hunger mehr. Nein, nicht einen Bissen wollte sie anrühren. Und wenn sie sich jetzt sofort auf den Rückweg machte?

Wie gehetzt rannte sie zurück in die winzige Kammer und wollte in wilder Panik die Flucht ergreifen.

»Was ist denn? Warum kommst du denn nicht? Das Essen wird kalt!« Erneut stand Mena in der Tür, starrte sie an wie eine Schlange das Kaninchen.

»Ich habe es mir überlegt, ob es nicht gescheiter wäre, wenn ich jetzt gehe.«

»Du willst doch nicht fort? Dazu ist es jetzt schon viel zu spät. In einer knappen Stunde ist es finster, dann ist der Abstieg zu gefährlich. Das könnten wir nicht verantworten. Vor etlichen Jahren ist hier schon einmal ein Unglück passiert. Ein junger

Mann hat sich verstiegen, ist nie mehr gefunden worden.« Menas Ton wurde immer gelassener. »Er ist auch in die Dunkelheit hineingekommen, wie man danach erfahren hat. Bei uns ist er ja nicht geblieben. Er hat weiter drunten bei einer Sennerin übernachtet, sie hat ihn bis zu unserer Hütte heraufgebracht. Das dumme Ding hat halt nicht dran gedacht, dass er in die Nacht hineinkommt und hat ihn allein weitergeschickt. Wir haben sie gar nicht vorbeikommen sehen, denn sonst hätten wir sie schon gewarnt. Es war unverantwortlich von dem Mädchen und der arme Kerl hat es teuer bezahlen müssen.«

Kathrin wurde klar, das man den beiden nichts anhaben konnte, denn niemand hatte Tobias in ihrer Hütte gesehen. Und das Messer? Dafür gab es tausend Erklärungen.

Wortlos folgte Kathrin der Wirtin in die Gaststube und ließ sich wie erschöpft auf einen Stuhl sinken. Diese beiden wussten etwas. Entweder sie hatten den Verunglückten gefunden und ausgeraubt oder sie selbst hatten Tobias ermordet. Doch niemand konnte ihnen etwas beweisen, sie waren zu gerissen, um ihr Geheimnis preiszugeben. Es war wohl dieses Wissen, das sie aneinanderkettete.

Plötzlich wurden Stimmen laut und gleich darauf drängte eine Schar junger Männer, alle in olivgrünen Drillichanzügen, in die kleine Stube. Sie waren zukünftige Zöllner, die mit ihren beiden Ausbildern hier übernachten wollten.

Mit einer geschäftsmäßigen Freundlichkeit wurden sie von der Mena begrüßt und dabei teilte sie ihnen auch gleich mit, dass sie im Matratzenlager Quartier beziehen mussten, da sie nur noch zwei Zimmer frei habe. Kathrin fiel ein Stein vom Herzen. Sie war nicht mehr allein!

Es war zehn Uhr vorbei, in der kleinen Gaststube ging es noch immer hoch her. Dem roten Tiroler wurde eifrig zugesprochen. Die Mena hatte alle Hände voll zu tun, doch sie war ganz in ihrem Element. Sie verstand es, mit Männern umzugehen und so manches Augenpaar folgte ihr mit begehrlichem Blick.

Der fahle Schein der Petroleumlampe vermochte gegen den Qualm, der durch die Stube zog, kaum anzukämpfen. Es herrschte ein dämmriges Zwielicht.

Mena kam mit einem Tablett, beugte sich weit über den Tisch, um jedem sein frisch gefülltes Glas hinzustellen, als sie plötzlich erstarrte, das Glas ihrer Hand entglitt und der Inhalt sich über den Tisch ergoss. Das Gesicht schreckensbleich, Entsetzen in den geweiteten Augen, starrte sie wie gebannt zu einem der winzigen Fensterchen.

Erst auf das nicht allzu ernst gemeinte Protestgeschrei hin erwachte sie aus ihrer Erstarrung, brachte ein gezwungenes Lachen zustande und entschuldigte sich. »Mir war, als hätte ich einen Geist gesehen!«

»Wirklich? Vielleicht das Kasermanndl?« »Oder den Edelweißkönig!«, ließen sich belustigte Stimmen vernehmen. Auch Mena lachte, doch es klang spröde und unecht. Sie machte noch immer einen fahrigen, nervösen Eindruck, immer wieder glitt ihr Blick zu den Fenstern.

Außer Kathrin schien das niemandem aufzufallen, längst ging die laute, lustige Unterhaltung weiter. Als Mena nun Gregor beiseitige winkte, gelang es Kathrin, sich so nahe heranzuschieben, dass sie etliche Worte verstehen konnte.

» ... er war es, ich schwöre es dir!«, stieß Mena hervor.

Doch Gegor lachte nur: »Du bist ja übergeschnappt.«

Mehr war von dem hastig geführten Gespräch nicht zu verstehen. Doch nun glitt auch Kathrins Blick immer wieder zu den Fenstern hinüber. Was mochte Mena nur gesehen haben, das sie so aus der Fassung bringen konnte? Diese Frau wirkte schließlich nicht schreckhaft!

Plötzlich war es Kathrin, als ob ein Spuk sie narrte. Jetzt hatte auch sie es gesehen! Für einen Sekundenbruchteil war Tobias' Gesicht hell und fahl hinter der dunklen Scheibe aufgetaucht. Sie war doch nicht verrückt geworden? Und doch war es sein Gesicht gewesen!

Ein Blick hin zu Gregor verriet, dass auch er es gesehen hatte. Auch er stand da, als wäre er zur Salzsäule erstarrt. Gleich darauf ergriff er Menas Arm, zog sie mit sich zur Tür, wo beide heftig gestikulierend aufeinander einredeten. Er schüttelte immer wieder wie verneinend den Kopf, ehe er die Gaststube verließ.

Kathrin fühlte vor Aufregung Übelkeit in sich aufsteigen. Auch ihr war das alles völlig unerklärlich. Die Toten kehrten doch nicht zurück! Sie wollte hinaus, an die frische Luft, doch sie hatte Angst vor der Dunkelheit. Wie gelähmt blieb sie sitzen, nahm kaum noch wahr, was um sie herum vorging.

Mena ging wie in Trance herum, das Gesicht immer noch von kalkiger Blässe und die schwarzen Augen fast glasig vor Schreck.

Kathrin hätte nicht zu sagen vermocht, wie viel Zeit inzwischen vergangen war, als Gregor, sichtlich erleichtert, wieder hereinkam. Er wechselte einen raschen Blick mit Mena, lachte und tippte sich viel sagend an die Stirn. Dann schenkte er sich einen Schnaps ein, den er rasch hinunterstürzte.

Doch nun öffnete sich die Tür und im selben Augenblick kreischte Mena schrill auf, Gregor rutschte die Flasche aus der Hand, die auf dem Boden zersplitterte. Alle Augen wandten sich dem Eintretenden zu, der nun in den milchigen Schein der Lampe trat.

Kathrin entrang sich ein erleichtertes Aufseufzen.

»Vor zwei Jahren«, begann der hoch gewachsene Fremde mit scharfer, vor Erregung leicht bebender Stimme zu sprechen, »ist mein Bruder spurlos verschwunden. Abgestürzt, in den Bergen verschollen, hat es geheißen. Aber dieser Mensch«, er deutete auf Gregor, »hat ihn auf dem Gewissen! Er hat ihn umgebracht und in einer Felskluft, ganz in der Nähe, verscharrt.«

»Sein Bruder!« Mena stöhnte auf, ehe wildes Stimmengewirr losbrach und plötzlich alle ernüchtert aufsprangen.

»Gesteh endlich die Wahrheit!«, herrschte Thomas Gregor an, der in sich zusammengesunken dastand.

In die Stille hinein sagte Gregor dumpf: »Ja, ich hab's getan! Sie hat gesagt, ich soll es tun, weil er viel Geld gehabt hat.«

»Es ist nicht wahr! Ich hab nichts damit zu tun!«, kreischte Mena hysterisch.

»Ja, wasch dich nur rein mit lauter Lügen, du Weibsteufel!«, schrie Gregor zurück. »Das Gefängnis muss ein Paradies sein im Vergleich zu dem Leben mit dir!«

Thomas trat zur Kathrin und fasste sie an der Hand. »Komm, hier haben wir nichts mehr verloren«, sagte er leise. »Alles Weitere dürfen wir der Polizei überlassen.«

Im milchig fahlen Schein des Mondlichts wanderten Thomas und Kathrin talwärts, ließen den Ort, an dem so Grauenvolles geschehen war, hinter sich. Es war, als wollten sie zuerst räumlichen Abstand gewinnen, ehe ein Wort gesprochen wurde.

Endlich blieben sie stehen und fielen sich in die Arme. Und nun konnte Kathrin sprechen, drängten sich ihr jene so lange zurückgehaltenen Worte auf die Lippen, denn endlich stand nichts und niemand mehr zwischen ihnen.

»Es war wie ein Alptraum, Thomas«, gestand sie. »Doch ich hab nicht umkehren können auf halbem Weg. Irgendetwas hat mich getrieben weiterzugehen. Doch am schlimmsten hat mich die Erkenntnis getroffen, dass ich einen völlig Fremden gern gehabt habe. Hast du gewusst, dass er so gewissenlos und so herzlos war?«

»Ja, ich hab's gewusst, wie mein Bruder war«, erwiderte er aufrichtig. »Doch ich hätte es dir nie sagen können, Kathrin. Denn wir hätten nie zueinander gefunden und wären nie glücklich geworden, wenn du diese Erfahrung nicht selber gemacht hättest.«

Sie schmiegte sich an ihn und sagte: »Ich bin so froh, dass du da bist, Thomas, dass es dich gibt! Mir ist, als ob ich jetzt heimgefunden hätte!«

Darauf hatte er gewartet, denn nun erst war sein Glück vollkommen. Sie küssten sich lange, voll behutsamer Zärtlichkeit und sie wussten, dass nichts mehr sie trennen konnte. Jetzt begann ihre Zukunft, in der kein Platz mehr für einen dunklen Schatten war.

Fahr ruhig der Liebe nach!

Der Garten vor dem Reihenhaus war winzig klein und erinnerte eher an ein Handtuch. Dennoch gab es für Irene Winkler darin ständig etwas zu tun. Bei schönem Wetter verbrachte sie jede Minute mit Jäten, Harken und Zupfen. Schließlich wollte man nicht vor seinen Nachbarn zurückstehen, die alle viel Zeit, Geld und Arbeit in ihr mehr oder weniger gelungenes Fleckchen Paradies investierten! Regenwürmer zählen und Schmetterlinge hüten – so nannte ihr Mann es, mit einem zwar nachsichtigen, aber auch etwas sarkastischen Schmunzeln.

Auch an diesem zauberhaften Frühsommerabend, als Peter Winkler durch die neu erbaute Siedlung am Rand der Großstadt heimwärts fuhr, war Irene noch im Garten beschäftigt.

Peter Winkler lief bei dem Gedanken an ein saftiges Steak das Wasser im Mund zusammen, denn er war, wie so oft, auch heute nicht zum Mittagessen gekommen. Seine Stellung, er leitete die Filiale eines Elektrogeräte-Vertriebs, ließ ihm dazu oft genug keine Zeit. Um so mehr freute er sich nun auf sein Zuhause, einen geruhsamen Abend mit Irene und den Kindern. Zudem konnte er es kaum erwarten, seine viel versprechende Neuigkeit loszuwerden.

Es lag wohl an dieser Neuigkeit, weshalb Peter Winkler ein sportlich aussehender Mann Anfang vierzig, heute erwartungsvoller und ungeduldiger das geschmackvoll ausgestattete Reihenhaus betrat, das er und seine Familie nun seit zwei Jahren bewohnten. Er eilte durch die Diele ins Wohnzimmer. Ihn empfing ungewohnte Stille, was nur bedeuten konnte, dass die Kinder nicht zu Hause waren.

Als er auf die überdachte Terrasse hinaustrat, sah er – wie konnte es auch anders sein – Irene im Garten werkeln. Er musste in sich hineinschmunzeln, wie er sie barfuß, in den kurzen, an vielen Stellen geflickten Hosen vor der Rabatte knien sah. Sie hatte das blonde, schulterlange Haar nur lose im Nacken zusammengebunden. Wieder einmal musste er ihre gertenschlanke Figur bewundern, die sie sich trotz der drei Kinder und ihres Alters – sie war fast vierzig – bewahrt hatte.

Als sie aufblickte, ihn plötzlich vor sich stehen sah, rief sie aus: »Heiliger Strohsack, ist es schon sooo spät? Ich wollte nur noch rasch …«

»Ein bisschen Rasen mähen. Unkraut jäten, einen Strauch verpflanzen«, zog Peter sie auf, ehe er sie begrüßte und nach den Kindern fragte.

»Lisa hat sie alle drei zum Schwimmen mitgenommen.« Sie verzog das Gesicht, als sie sich einen winzigen Dorn aus ihrer schmutzigen Hand zog, die auch in sauberem Zustand wenig gepflegt wirkte.

»Andere Frauen versuchen es zum Beispiel mit Gartenhandschuhen.«

»Ach was. Schon vorbei.« Sie blinzelte in die schräg stehende Sonne, rückte den Sonnenschirm zurecht, als sie beiläufig fragte: »Möchtest du auf der Terrasse essen? Es ist alles vorbereitet.« Ohne seine Antwort abzuwarten, eilte sie ins Haus. Alles an ihr wirkte so selbstsicher, als erwarte sie gar keinen Widerspruch.

Dies war Peter schon des Öfteren aufgefallen. Er entschuldigte dies mit der vielen Arbeit, die ihr aufgehalst worden war, der Verantwortung und der gewiss nicht kleinen finanziellen Sorgen, seit man sich fürs eigene Haus entschieden hatte. Doch dies alles durfte nicht auf Kosten ihrer Beziehung zueinander gehen. Er wollte eine Frau haben, die zärtlich war, und keinen Kumpel.

»Die Kinder werden heute kaum vor sieben zurück sein«, sagte Irene, als sie sich zu Peter an den gedeckten Tisch setzte und ihm den Brotkorb reichte.

»Welch ein Glück, dass wir eine Nachbarin wie Lisa haben! Gar nicht übel, einmal wieder ohne Gekicher, Maulen und Murren ...«

»Mädchen von zwölf und vierzehn sind nun einmal in einem schwierigen Alter!«

Diesen etwas gereizten Einwand überhörend, ergriff er plötzlich ihre raue Hand, versuchte diese grässlichen, klobigen Sandalen, die sie so preiswert ergattert hatte, die jedoch ihre schönen Beine verunstalteten, zu übersehen. »Ich habe eine erfreuliche Nachricht, Irene, die ich ohnehin viel lieber mit dir allein bespreche ...«

»Gehaltserhöhung?«, entfuhr es ihr atemlos, dabei erschien ein erwartungsvolles Lächeln in ihrem hübschen, gebräunten Gesicht.

Dieses Lächeln erlosch, als er kopfschüttelnd erwiderte: »Das nicht. Aber ich denke, während unserer Tagung ergibt sich Gelegenheit, dieses Thema an der richtigen Adresse vorzubringen.« Voller Begeisterung fuhr er fort: »Stell dir vor, Irene, unsere diesjährige Geschäftsführer-Tagung soll in einem erstklassigen Hotel am Tegernsee abgehalten werden! Natürlich nimmt jeder seine Frau mit und hängt noch ein paar Ferientage dran! Das wird schon seit Jahren so gehalten. Heinz Hübner schwärmt heute noch davon, wie schön es vergangenes Jahr an der Ostsee war, als ich leider diese schwere Infektion …«

»Bist du verrückt! Was das kostet! Außerdem kann ich die Kinder …«

»Ich wette, Lisa freut sich, wenn sie die Kinder für einige Tage betreuen kann. Zudem dürfte das in ihrem Alter nicht mehr so schwierig sein. Selbst Tobias ist mit seinen neun Jahren …«

Entschieden fiel sie ihm ins Wort: »Es sind nicht allein die Kinder. Denk an das viele Geld, unsere Schulden für das Haus. Wir waren uns doch einig, dass es für die nächsten Jahre keinen Urlaub mehr geben wird, bis wir aus dem Gröbsten heraus sind. Außerdem«, und hier wurde ihre Stimme spitz, »ich vermisse keine Ferien!« Dabei sah sie stolz auf ihren winzigen Garten.

»Das ist doch etwas anderes. Auch ich genieße, was wir uns hier geschaffen haben«, gab er zu.

»Trotzdem wäre es schön, wieder einmal etwas anderes zu sehen, auszuspannen, zu zweit allein sein zu können. Stell dir vor, Irene, es gibt dort einen Tennisplatz. Wir könnten doch wieder zusammen ...«

»Ich werde mich hüten, mich vor deinen Mitarbeitern lächerlich zu machen, nachdem ich drei Jahre keinen Schläger angefasst habe. Von den längst unmodern gewordenen Tennissachen ganz zu schweigen.«

»Du lieber Himmel, dann kaufen wir eben ein paar Kleinigkeiten«, schlug er immer noch voller Enthusiasmus vor.

»Bist du übergeschnappt?! Du weißt, was noch alles auf uns zukommt.«

Allmählich schlich sich auch in Peters Stimme ein gereizter Unterton. »Ich weiß, dass andere Frauen sich darüber freuen würden.« Plötzlich klang es resignierend, als er hinzufügte: »Vielleicht ist es das, was Männer veranlasst, sich nach einer Freundin umzusehen, bei der man stets der Größte ist ...«

»Ist das der Dank dafür, dass ich für dich und deine Kinder so viel arbeite?«, murmelte sie tief gekränkt. Etwas boshaft musste sie ihm noch unter die Nase reiben: »Freundinnen kosten Geld!«

»Ich bitte dich, Irene, wir wollen uns doch nicht um des Kaisers Bart streiten«, versuchte Peter einzulenken, wobei ihm das Lächeln etwas misslang. »Ich will durchaus keine Freundin, nur endlich wieder einmal ein paar Tage Ferien mit dir allein machen. Alle Sorgen vergessen, wieder so wie früher ...«, er brach ab und sah sie zärtlich an.

Auch über ihr Gesicht glitt fast so etwas wie ein sehnsüchtiger, weicher Ausdruck. Doch dann sagte sie entschieden: »Wir könnten uns statt dessen die Himalaja-Zeder leisten.«

»Was? Dazu ist doch unser Garten viel zu klein«, kam es betroffen zurück.

»Drüben, die Spenglers, haben sich eine Himalaja-Zeder extra von einem Gärtner pflanzen lassen. Und sie haben – das sagen alle – den schönsten Garten hier in unserer Siedlung.«

Grimmig dachte er bei sich: Und Alex Spengler traktiert Katzen mit faustgroßen Steinen, um sie von seinem Grundstück fern zu halten! Er verscheucht Amseln und Meisen mit der Steinschleuder, um seine Primeln – oder wie immer all seine verdammten Blumen heißen mögen – zu schützen! Er soll sich doch einbetonieren, dieser Spinner, die Wände grün bemalen, was ihm die aufregende Jagd erspart nach allem, was da nun einmal so kreucht und fleucht!

Wohl um die Stimmung nicht vollends umkippen zu lassen, forderte Irene ihren Mann nun einlenkend auf: »So iss doch endlich, Peter! Die Mortadella ist ganz frisch!«

Und wieder von dieser schmierigen, aber »preiswerten« Sorte, die mir zuwider ist. Laut rutschte es ihm nun doch heraus:

»Eigentlich hätte ich mich auf ein saftiges, gegrilltes Steak gefreut«, dabei suchten seine Augen die viel versprechenden Rauchzeichen von

Haushalten, in denen weniger gespart wurde. »Ich habe mittags nichts gegessen.«

Irene gab sich erneut gekränkt, als sie mit dem unüberhörbaren Vorwurf einwandte: »Wir hätten die Steaks natürlich auch heute, ohne die Kinder grillen können, die ich fürs Wochenende gekauft ...«

»Herrgott, Irene, benimm dich bitte nicht, als müsstest du am Hungertuch nagen«, brauste er da unvermittelt auf. »Wir wussten, worauf wir uns einließen, dass wir die Schulden nicht von heute auf morgen abbezahlen können. Wenn ich geahnt hätte, dass es wegen dieses verdammten Hauses mit jedem bisschen Freude aus und vorbei sein soll, dann hätte ich die Finger davon gelassen.« Ihr erschrockener Blick ließ ihn einlenken: »Vergiss doch nicht andauernd, es ist unser Leben, das verrinnt! Mit jedem Tag! Wir sollten uns an dem, was wir geschaffen haben, freuen anstatt es fortwährend als Last zu sehen! Findest du nicht, dass du mit deiner Sparsamkeit und Knauserei übertreibst?«

Sie spürte, er hatte Recht. Und doch empfand sie es als Kränkung, dass er ihre Anstrenungen – schließlich meinte auch sie es gut – nicht mehr würdigte. Sie flüchtete sich in das oft strapazierte und altbewährte: »Außerdem habe ich für Ferien in einem Nobelhotel nichts anzuziehen! Ich möchte mir nicht gerne schäbig vorkommen, neben all ...«

»Die Ehefrauen anderer Filialleiter haben gewiss die gleichen Sorgen. Also, was soll's. Freuen wir uns auf ein paar Tage Ferien, ausspannen und genießen ...«

»Als ob wir das zu Hause nicht auch können!«, war ihr knapper Kommentar, ehe sie ihn allein ließ.

Lisa Kremer, verwitwet und kinderlos, war eine Nachbarin wie man sie sich nicht besser erträumen konnte. Sie verströmte Mütterlichkeit und Hilfsbereitschaft, ohne dabei aufdringlich zu sein. Wenn es jedoch angebracht schien, hielt sie mit ihrer Meinung durchaus nicht zurück.

Und nun schien es ihr angebracht – sogar sehr! Sie verlieh sich ein wenig vom Gehabe eines Feldwebels, als sie ihrer Nachbarin die Meinung sagte: »Niemand kann es sich leisten, sein Glück mit Füßen zu treten! Zumindest nicht auf Dauer! Denn anders kann ich dein Verhalten nicht bezeichnen, Irene. Du hast einen erfolgreichen Mann, der dich liebt, alles für dich tut, damit es euch allen gut geht. Er verlangt doch nichts Unmögliches, will nur ein paar schöne, unbeschwerte Tage mir dir verbringen. Herrgott, was ist daran so verwerflich? Jede andere Frau wäre glücklich darüber.

Fast widerwillig räumte Irene ein: »Ich mache mir nicht sehr viel daraus. Dieser ganze Aufwand ist es doch gar nicht wert.«

»Ihm, Peter, bedeutet es sehr viel. Komm, kauf dir ein paar neue Sachen und begleite ihn! Was sind denn schon die paar Mark im Vergleich mit einer Ehe, die in Gefahr ist.«

»Du bist wohl nicht ganz gescheit!«, unterbrach Irene ihre Nachbarin geradezu empört. »Was hat denn das mit unserer Ehe zu tun? Andere Männer wären heilfroh, wenn ihre Frauen etwas sparsamer, weniger anspruchsvoll wären.«

»Es kommt immer auf das rechte Maß an! Peter liebt dich und er möchte dich gerne bei sich haben. Ich wette, es gibt da mehr als genug Frauen, die nur auf eine Gelegenheit warten, sich einen Mann wie deinen Peter zu angeln.«

»Das würde er nie tun!«, kam es allzu selbstsicher von Irene.

»Du musst es ja wissen. Ich bin jedenfalls da, um auf die Kinder zu achten und sie ein paar Tage zu versorgen.«

»Ich verstehe nicht, weshalb wir uns so aufregen«, tat Irene etwas überheblich. »Ich brauche keine Ferien! Und diese paar Tage wird Peter auch ohne mich zurechtkommen!« Sie glaubte sich schon zu sehr verrannt zu haben, um noch nachgeben zu können.

Obgleich Peter Winkler noch etliche Male versuchte, seine Frau umzustimmen, sie zum Mitkommen zu überreden, blieb Irene bei ihrer einmal gefassten Entscheidung. So kam schließlich jenes Wochenende, an dem die Tagung des ELWA-Elektrogerätevertriebes bevorstand.

Zwar taten Irene und Peter, als wäre alles in bester Ordnung, als handelte es sich um eine ganz gewöhnliche Geschäftsreise, aber eine gewisse Spannung zwischen ihnen war nicht zu verheimlichen. Sie nahm es jedoch schweigend zur Kenntnis, dass er sogar seinen Tenniskoffer packte, was darauf schließen ließ, dass er durchaus beabsichtigte, sich zu amüsieren.

Er verabschiedete sich mit einem »Schade, dass du nicht mitkommst!«, blieb aber hart, als sie ihn überreden wollte, vorzeitig wieder nach Hause zu kommen.

Als Peter fort und die Kinder in der Schule waren, fühlte Irene sich plötzlich deprimiert und einsam inmitten all ihrer Arbeit, die sie doch so sehr genossen hatte. Merkwürdigerweise wurde sie im Laufe des Tages immer nervöser, fühlte eine innere Unruhe. Ob Peter während der Fahrt auf den überfüllten Straßen etwas passiert war? Warum er nicht anrief? Er musste doch längst dort unten angekommen sein! Lieber Gott, ich bitte dich, lass Peter nichts zugestoßen ein! Mach, dass er bald anruft!

Es war am frühen Nachmittag. Das Telefon klingelte. Er hatte die Strecke schneller als erwartet geschafft, versäumte nicht, ihr das Hotel , den See, die herrliche Gebirgsgegend in den schillerndsten Farben zu beschreiben. »Das Wetter ist traumhaft und es wird gewiss noch einige Zeit so bleiben! Wirklich schade, Irene, dass du nicht dabei sein kannst. Es hätte dir gefallen.« Dann gab er ihr noch seine Telefon- und Zimmernummer, mit der – wie es ihr schien – etwas abfälligen Bemerkung: »Nur für den Fall, dass du mich brauchst! Aber wozu auch? Du hast gewiss alles gut im Griff! Gibt's bei dir noch irgendetwas Besonderes?«

»Ich will noch den Rasen mäh ...«, mitten im Wort brach sie ab, verärgert, weil ihr nichts anderes, Aufregenderes eingefallen war.

»Na schön! Dann mach's gut! Und ein schönes Wochenende.«

Sie überhörte noch einige Belanglosigkeiten, denn plötzlich stieg heißer Zorn in ihr auf. Was dachte er sich eigentlich, sich gleich für das ganze Wochenende zu verabschieden! Kam es nun schon auf diese paar Mark Telefongebühren an?!

Als Irene ein paar Tränen unterdrückte, merkte sie, dass sie sich viel mehr über sich selber als über Peter ärgerte. Jawohl, sie ärgerte sich, nun allein daheim zu sitzen, während er Ferien machte!

Ein Kognac machte es auch nicht besser. Sie fühlte sich nur noch elender und tat sich noch mehr Leid. Auf einmal stand sie vorm Telefon, starrte auf die Nummer, die er ihr gegeben hatte. Blödsinnig, ihn jetzt anzurufen! Aber vielleicht wurde ihr dadurch etwas besser!

»Bitte verbinden Sie mich mit Herrn Winkler, Zimmer einhundertsieben!«, hörte sie sich sagen, während sie überlegte, was sie Peter eigentlich erklären wollte.

»Hier Winkler! Ja, bitte?«, ließ eine Frauenstimme sie zusammenzucken. Sie war wie vor den Kopf geschlagen, so dass sie stotterte: »Zimmer ...einhundertsieben ... Winkler ...«

»Ja, natürlich! Was wollen Sie denn eigentlich von mir?«, fragte diese aufreizende dunkle Stimme ungeduldig.

Nein, das war zu viel für Irene, nach all diesen mehr oder weniger ernst gemeinten Selbstvorwürfen. Sie legte den Hörer auf, spürte, wie ihr Tränen in die Augen stiegen.

So, nun also wusste sie es! Das also war der Dank ... Deswegen hatte er sich gleich für das ganze, noch bevorstehende Wochenende verabschiedet! Und dass sich diese Person gleich mit Winkler gemeldet hatte, erschien ihr als der Gipfel der Unverfrorenheit! Freilich, lange genug Zeit, sich nach einer Begleiterin umzusehen, hatte sie ihm ja gelassen! Nie, niemals hätte sie ihm das zugetraut!

»Was ist denn mit dir los? Heulst du?«, fragte Lisa, die sich zur Tür hereinschob.

Nun konnte Irene nicht anders, sie erzählte aufschluchzend, was soeben vorgefallen war. »Und ich hab ihm vertraut, diesem ..., diesem ...«

»Nun mal langsam! Ich wette, das kann nur eine Verwechslung gewesen sein«, versuchte Frau Kremer zu beruhigen.

»Mit Winkler hat sie sich gemeldet, diese Schlampe! Und auf seinem Zimmer!«, heulte Irene bitterlich auf. »Und ich sitze hier, während er sich mit anderen Frauen herumtreibt!«

»Aber nicht mehr lange! Nichts wie hin!«, kam es eher sachlich als entrüstet von Lisa.

»Was? Ich kann doch nicht? ...«

»Warum nicht? Er ist schließlich dein Mann! Oder wolltest du lieber den Rasen mähen?« Letzteres hatte ironisch geklungen. Während sich Irene ausgiebig schnäuzte, sprach Lisa halblaut vor sich hin: »Nein, es muss ein Irrtum gewesen sein! Ruf noch einmal an!«

»Nein, kommt nicht in Frage«, lehnte Irene entschieden ab.

»Rasch, pack ein paar Sachen zusammen, dann bring ich dich zur Bahn! Mit dem Inter-City bist du in fünf oder sechs Stunden in München, und von da ist es ...« Lisa verstummte, als Irene verneinend den Kopf schüttelte. »Herrgott, willst du deinen Mann loswerden? Du hast immerhin selber ganz kräftig mitgehäkelt an diesem Netz ... Wenn es tatsächlich eines geben sollte, in dem er sich verstrickt hatte. Denk an deine Kinder, die ihren Vater ...«

Ein erneutes und diesmal schmerzliches Aufschluchzen schüttelte Irene. Sie war zu betroffen, zu verwirrt, um einen klaren Gedanken fassen zu können, und so willigte sie schließlich ein: »Wenn du wirklich meinst, dann ...«

»Gott sei Dank!«, kam es resolut, aber erleichtert zurück. »So gescheit hättest du schon früher sein sollen. Aber lassen wir das! Es hat keinen Sinn, um verschüttete Milch zu weinen! Doch an deiner Stelle würde ich trotzdem noch einmal dort anrufen! Komm, gib deinem Herzen einen Stoß!«

Irenes Hände zitterten, als sie erneut wählte und dann ihren Mann verlangte. Es dauerte nicht lange, da hörte sie Peters sonderbar erregte, zugleich etwas unsichere Stimme

»Ach, du bist es, Irene! Gott sei Dank, nicht wieder so ein Irrer von einem eifersüchtigen Ehemann! Es ist hier etwas ziemlich Ungewöhnliches passiert:

In unserer Firma gibt es eine Frau Winkler, die ebenfalls an unserer Tagung teilnimmt. Und so ein Übereifriger an der Rezeption hat die Dame tatsächlich in meinem Zimmer einquartiert, in der Annahme, sie sei meine Frau. Auf die Idee, die Anmeldung genau durchzulesen, ist er leider nicht gekommen.«

»Na und dann?«, fiel ihm seine Frau deutlich zweifelnd ins Wort.

»Als ich in mein Zimmer zurückkam, hatte Frau Winkler sich gerade dort eingerichtet. Natürlich ohne meinen Koffer bemerkt zu haben. Noch während wir uns überrascht anstarrten, läutete das Telefon. Ich hob ahnungslos ab, in der Meinung, es sei für mich, und hatte einen mehr als eifersüchtigen Ehemann in der Leitung. Ehrlich, Irene erklär du einmal einem eifersüchtigen Menschen so einen Zufall.«

»Ist sie wenigstens hüsch?«, brachte Irene mit einer Stimme, die vor Erleichterung ganz dünn klang, hervor.

»Das kann man wohl sagen! Ich verstehe ihn sogar, ihren Mann«, kam es heiter zurück. »Dieser Zufall ist es natürlich wert, dass wir nun zusammen was trinken gehen, Frau Winkler und ich … Aber …, Irene, ich rede und rede …Weshalb hast du denn eigentlich angerufen? Sag bloß, der Rasenmäher springt nicht an?«, dazu lachte er etwas gezwungen.

Sie versuchte den schmerzhaften Stich nicht wahrzunehmen, schluckte ihren Stolz gewaltsam hinunter und sagte einfach: »Ich habe es mir überlegt, Peter. Ich wäre so gerne bei dir. Würdest du mich in München abholen, wenn ich sofort …?«

Selbst Lisa, die ein paar Meter entfernt stand, konnte so etwas Ähnliches wie Gekreisch aus dem Hörer vernehmen. Es war das Aufjubeln eines glücklichen Ehemannes. Mit einem erleichterten Aufseufzen murmelte sie nun doch mit sarkastischem Unterton: »Wolltest du nicht den Rasen mähen, Irene?«

»Lisa, ich fahre! Sofort! Du, ich fühle mich plötzlich wie neu geboren«, verkündete Irene Winkler, und dabei strahlte ihr Gesicht wie schon lange nicht mehr. Nein, so genau wollte sie nun nicht forschen, in sich horchen, wie glaubhaft sie Peters Erklärung gefunden hatte. Im Augenblick zählte nur, dass sie zu ihm wollte und er sich auf sie freute. Und wenn sie erst bei ihm war, würde alles wieder werden wie früher. Und von nun an würde sie ihn hüten, diesen scheuen Vogel Glück. Denn nichts ist wichtiger als die Liebe.

Titelbild: Michael Wolf, München
Satz: Satz + Layout Peter Fruth GmbH, München
Druck und Bindung: Ebner Ulm
Printed in Germany

ISBN 3-475-52913-0